I0674769

MUSEE DU LOUVRE

MUSÉE NATIONAL
DU LOUVRE

DON

DE

M. & MME P<small>HILIPPE</small> LENOIR

PRIX: 75 CENTIMES.

PARIS
CHARLES DE MOURGUES FRÈRES
Imprimeurs des Musées nationaux

RUE JEAN-JACQUES-ROUSSEAU, 58

—

1878

MONSIEUR LE DIRECTEUR,

J'ai l'honneur de soumettre à votre examen les épreuves de la Notice du Don de M. et Mme Philippe Lenoir.

La description des miniatures est due à M. de Tauzia, conservateur des peintures et dessins; celle des tabatières, émaux, ivoires, bijoux et laques, est un travail collectif, auquel j'ai associé MM. E. Saglio et Louis Courajod.

Je vous prie, si vous approuvez cette notice, d'en vouloir bien autoriser le tirage.

Agréez, Monsieur le Directeur, l'expression de mes sentiments respectueux et dévoués.

Le conservateur des sculptures et objets d'art du moyen âge, de la renaissance, et des temps modernes.

BARBET DE JOUY.

Octobre 1874.

APPROUVÉ :

Le directeur des musées nationaux.

F. REISET.

Le 4 mars de cette année 1874, est décédée à Paris, en sa demeure, rue Caumartin, n° 24, Mme Marie-Aspasie Jousseran, veuve de M. Philippe-Balthazard-Marin Lenoir. Restée, par le prédécès de son mari, seule dispensatrice d'une fortune considérable, Mme Lenoir a institué, pour sa légataire universelle, l'Assistance publique de la Ville de Paris, à la charge par elle d'exécuter des legs prémédités par une volonté commune. Les nobles sentiments de M. et Mme Lenoir sont exprimés, avec une sage réserve, dans l'extrait du testament qui nous a été communiqué : « Je donne et « lègue à l'État (dit la donatrice), pour le musée du « Louvre, ma collection de *tabatières*, mes *émaux* anciens, « mes *miniatures* anciennes, mes *ivoires* anciens, mes « *bijoux* anciens, mes vieux *laques*, d'après indication « d'un expert; à la charge par le musée de placer ces « objets d'art, en les laissant dans les vitrines où ils se « trouvent, que je donne aussi au musée et sans la ⟩

« diviser dans une des galeries du Louvre, avec ces
« mots pour suscription :

DON DE M. ET Mme PHILIPPE LENOIR.

« Si le musée du Louvre refusait d'accepter à ces con-
« ditions que m'imposent la mémoire de mon mari et
« ma propre satisfaction, elles seraient annulées et le
« legs au musée du Louvre serait maintenu, ma volonté
« principale étant que ma collection lui appartienne et
« qu'elle n'ait aucune autre destination.

« Le projet dès longtemps arrêté de mon mari et de
« moi était, n'ayant point d'enfants, de consacrer après
« nous une grande partie de notre fortune au soulage-
« ment des malheureux. Ma volonté formelle est
« d'accomplir le but que nous nous étions toujours
« promis. »

Dans les termes du legs l'intention de Mme Lenoir
est très-nettement indiquée : faire profiter le musée de
tout ce qui peut lui être utile, réserver à l'Assistance
publique les objets dont le plus grand mérite est leur
valeur vénale.

C'est dans cet esprit, qui concilie l'intérêt de l'art et
celui de la charité, qu'a été fait le choix du musée.

Toutes les tabatières ont été conservées : leur nombre
est 204 ; 3 émaux ont été choisis, 74 miniatures,
11 ivoires, 66 bijoux, 23 laques.

Ensemble trois cent quatre-vingt-un objets.

Toutes les tabatières collectionnées par M. et
Mme Lenoir se retrouvent donc dans le choix du musée ;
elles constituent, avec les miniatures, la partie la plus
importante du legs : c'est sur ces boîtes de petites pro-
portions que les orfévres du dix-huitième siècle, excités
par la mode, ont surtout exercé leur esprit et porté à
la perfection des inventions variées et délicates : l'or,
les matières précieuses, les pierres fines, l'émail, tous

les modes de peintures ont contribué à la confection de petits chefs-d'œuvre dont les créateurs ne sont pas toujours demeurés anonymes :

Quelques noms (1) sont gravés sur les plus parfaits de ces spécimens de l'orfévrerie parisienne au dix-huitième siècle, et où les noms manquent nous retrouvons encore des marques qui nous peuvent guider, ce sont les poinçons de l'orfévrerie de Paris.

« Chaque orfévre (ceci est extrait du *Dictionnaire des*
« *arts et métiers*) a un poinçon à lui particulier, com-
« posé des lettres initiales de son nom, d'une devise,
« d'une fleur de lys couronnée et de deux petits points ;
« il lui sert comme de signature et de garantie envers
« celui qui achète les ouvrages de sa fabrique ; lors de
« sa réception à la cour des monnaies, il est obligé de
« donner une caution de mille livres, pour répondre
« des amendes qu'il pourrait encourir, s'il était surpris
« en contravention au réglement sur le titre des
« matières ; ce poinçon est insculpé sur une planche
« de cuivre disposée au greffe de la cour des monnaies,
« et sur une autre planche de cuivre disposée au bureau
« des orfévres, pour y avoir recours en cas de contes-
« tation, soit par voie de comparaison, ou de rengrène-
« ment. Indépendamment du poinçon de chaque orfévre
« il y a encore trois autres poinçons qui doivent être
« apposés sur les ouvrages de la fabrique de Paris ;
« savoir : le poinçon de charge, le poinçon de la maison
« commune [et le poinçon de décharge. Tous ces
« poinçons s'appliquent en différents temps et pour
« causes différentes ; dès qu'un orfévre veut fabriquer
« une pièce d'or ou d'argent, il l'ébauche au marteau ;
« il met alors son poinçon dessus qui constate que
« cette pièce est de sa fabrique ; il la porte, ainsi

---

(1) Voir les numéros 46, 62, 73, 77, 78, 116, 118, 193.

« revêtue de son poinçon, au bureau du fermier des
« droits du Roi, où il signe une soumission de rap-
« porter cette pièce, lorsqu'elle sera finie, pour ac-
« quitter les droits, que le Roi prélève dessus, en
« vertu de ses édits et à raison du poids de ladite
« pièce ; le fermier applique alors dessus cette pièce
« un poinçon, que l'on appelle poinçon de charge,
« parce qu'il charge le fabricant des obligations ci-
« dessus expliquées. La pièce revêtue de ce second
« poinçon, passe au bureau des orfévres appelé Maison
« commune ; les gardes-orfévres préposés pour la
« police du corps, et singulièrement pour l'effet des
« ouvrages, coupent un morceau de cette pièce, du
« côté qu'il leur plait, l'essayent, et, si la matière est
« trouvée au titre qui est de 11 deniers 12 grains, pour
« l'argent, au remède de 2 grains de fin, de 20 karats 1/4
« pour l'or, au remède de 1/4 de karat, et de 22 karats 1/4
« au remède pareillement de 1/4 de karat, pour les
« grands ouvrages d'or, comme chandeliers, lampes,
« etc., ils apposent alors leur poinçon dessus : C'est ce
« poinçon, qui est toujours une lettre de l'alphabet,
« couronnée, laquelle change tous les ans, qui est la
« garantie du titre des ouvrages ; ce poinçon est aussi
« insculpé sur une planche de cuivre au greffe de la
« cour des monnaies et au bureau des orfévres, lors de
« l'élection des gardes, lesquels sont responsables en
« leur propre et privé nom de la sûreté de ce poinçon
« et s'il y avait erreur ou contravention, on les pour-
« suivrait extraordinairement ; aussi, si l'ouvrage n'est
« pas au titre prescrit, les gardes biffent les deux
« premiers poinçons, déforment la pièce, et la rendent
« en cet état, au fabricant, en lui délivrant un borde-
« reau du titre auquel sa matière s'est trouvée, afin
« qu'il l'allie en la refondant ; alors il est obligé de re-
« commencer tout ce que dessus. Dans le premier cas

« ou la pièce ayant été trouvée au titre a été revêtue
« du poinçon de la Maison commune, l'orfévre finit sa
« pièce, la rapporte toute finie au bureau du fermier du
« droit du Roi, paye les droits, acquitte sa soumission
« qu'on lui rend acquittée, et on appose pour certificat
« du payement desdits droits, un quatrième et dernier
« poinçon, que l'on appelle à cause de cela poinçon de
« décharge; l'ouvrage, en cet état, peut être exposé en
« vente librement et sans crainte.

« Le corps de l'orfévrerie, sixième et dernier corps
« des marchands de la Ville de Paris, est très-ancien;
« ses premiers statuts sont de l'année 1260 et paraissent
« avoir été rédigés sur d'autres beaucoup plus anciens:
« La délicatesse et le goût des orfévres de Paris, joint
« à l'attention scrupuleuse que le gouvernement a
« toujours eu de veiller à la bonté du titre et à la
« bonne foi de cette branche de commerce, l'a mise en
« crédit chez l'étranger et a fait regarder cette capi-
« tale comme supérieure aux autres orfévreries de
« l'Europe. »

Le moyen est donc donné de savoir le nom de l'orfévre, par sa marque, et le temps où la pièce a acquitté
le droit du roi, par les poinçons du fermier de qui la
durée d'exercice, périodiquement établie, est déter-
minée. L'année est précisée par les poinçons de la
Maison commune, dont la lettre se continuait jusqu'à
épuisement de l'alphabet et se renouvelait en commen-
çant par la lettre A.

Mais c'était toute une science de retrouver, après
tant de destructions, ces marques et ces poinçons d'un
temps qui s'éloigne de nous, de les vérifier, de les
coordonner, et, sans s'y égarer, d'en saisir la significa-
tion; science qui n'était accessible assurément qu'à un
esprit ingénieux, persévérant, critique; cet esprit s'est
rencontré de nos jours en M. le baron Jérôme Pichon

et c'est à ses communications libérales, à sa collaboration volontaire, que sont dues les dates précises qui constituent notre classification et les noms d'orfévres qui sans lui nous seraient restés inconnus.

L'ordre que nous avons suivi dans notre notice n'est point celui que donneraient les dates; nous avons voulu qu'elle fût d'accord avec les divisions que nous avons établies pour exposer la collection des tabatières dans les vitrines léguées par Mme Lenoir : la première comprend *les pierres dures, mosaïques, incrustations, nacres et burgaux;* la seconde, *l'or, or et émail, or et camées;* la troisième, *les tabatières émaillées;* la quatrième, *les peintures montées sur boîtes;* et une cinquième division, *les compositions diverses.* A la suite viennent les émaux, les miniatures, les ivoires, les bijoux, les laques.

TABATIÈRES.

I.

Pierres dures, Mosaïques, Incrustations, Nacres et Burgaux.

1. — Tabatière, composée d'une cuvette et d'un couvercle de jaspe oriental fleuri. Montures et ornements d'or ciselé. Sans marque ni poinçons.
Travail de la première moitié du dix-huitième siècle.

Irrégulière. Long. 0,058. — Larg. 0,048. — Haut. 0,026.

2. — Tabatière, composée d'une cuvette et d'un couvercle, de prime d'améthyste. La monture est d'or, de même que les ornements découpés qui décorent le milieu et les angles du couvercle.
Sans marque ni poinçons; première moitié du dix-huitième siècle.

Rectangulaire, à côtes. Long. 0,080. — Larg. 0,060. — Haut. 0,035.

La pierre de cette boîte est entièrement blanche, sans aucun mélange de nuances violettes.

3. — Tabatière, composée de six plaques de lapis de Perse montées en cage d'or ciselé, doublée d'or.
Orfévrerie de Paris, année 1764.

Ovale. Long. 0,070. — Larg. 0,054. — Haut. 0,036.

4. — Tabatière, composée de dix plaques de lapis de Perse ; montures en cage, d'or ; ciselé doublée d'or. Orfévrerie de Paris, année 1779.

Octogone. Long. 0.070 — Larg. 0,037. — Haut. 0,027.

Les angles sont accompagnés de pilastres jumeaux. Le motif de la ciselure, répété en bordure sur toutes les faces de la boîte, est une corde formée par l'enroulement de deux rubans.

5. — Tabatière, composée de six plaques de lapis de Perse. Elle est montée à cage, en écaille noire et moulures d'or, doublée d'écaille. Travail moderne.

Rectangulaire. Long. 0,088. — Larg. 0,066. — Haut. 0,035.

6. — Tabatière, composée de huit plaques de cornaline orientale, montées à cage, en or ciselé. Travail du dix-neuvième siècle, sans marque ni poinçons.

Octogone. Long. 0,068. — Larg. 0,051. — Haut. 0,030.

Les huit cornalines sont d'une très-belle et même couleur, rouge orangé.

7. — Tabatière, d'or, ciselée. Les deux plaques, encadrées dans le couvercle et à l'opposite, sont de sardoine-onyx. Orfévrerie de Vachette (1), Paris, 1789.

Rectangulaire. Long. 0,073. — Larg. 0,045. — Haut. 0,024.

Les bordures sont ornées de feuillages brillants sur fonds mats. Le pourtour est pointillé. Sur la tranche de la boîte on lit les mots : VACHETTE A PARIS, 20 K. (karats) 5.

---

(1) Adrien-Jean-Maximilien Vachette, apprenti reçu maître le 21 juillet 1779 ; il demeurait place Dauphine et en 1806, quai du Nord.

8. — Tabatière, d'or, ciselée. Les deux plaques encadrées sur le couvercle et à l'opposite sont de labrador. Orfévrerie de Vachette ; commencement du dix-neuvième siècle.

Rectangulaire. Long. 0,075. — Larg. 0,046. — Haut. 0,015.

Les ornements disposés en bordures ou sur le corps de la boîte sont, comme les fonds, d'or mat avec quelques détails brillants.
Sur la gorge, sont gravés les mots : VACHETTE, BIJOUTIER A PARIS, 20 k. 5.

9. — Tabatière, composée de deux plaques d'agate onyx, de douze sections de jaspe rubané et douze sections plus petites de cornalines. La monture qui profile tous les compartiments est d'or. La boîte est doublée d'or.
Travail de Dresde, fin du dix-huitième siècle.

Octogone. Long. 0,080. — Larg. 0,055. — Haut. 0,030.

La forme imite un sarcophage.
Les agates sont de nuances violacées, les jaspes sont rosés, les cornalines sont rouges.

10. — Tabatière, composée d'échantillons d'agates orientales, de jaspes de la Sicile et de nombreuses variétés de pierres dures. La mosaïque imite un pavage ; le réseau qui réunit l'assemblage est d'or et les numéros gravés sur chaque division correspondent à des catalogues distincts : un pour les agates du couvercle, un autre pour les jaspes du pourtour, un troisième pour les pierres réunies en dessous de la boîte. Les agates du couvercle sont montées à jour.
Travail de Neuber, à Dresde ; fin du dix-huitième siècle.

Ovale. Long. 0,084. — Larg. 0,062. — Haut. 0,038.

11. — Tabatière, d'or ciselé, avec quelques incrustations d'émail. La mosaïque de pierres dures, exécutée à Rome, dans la fabrique du Vatican, est une copie réduite de la mosaïque antique, conservée dans une des salles du Capitole.

Orfévrerie de Vachette.

Rectangulaire. Long. 0,088. — Larg. 0,062. — Haut. 0,020.

Le sujet de la mosaïque est un groupe de quatre pigeons posés sur le bord d'un bassin de cuivre contenant de l'eau ; l'un des oiseaux y plonge son bec.

12. — Tabatière, d'or, ciselée, avec filets d'émail bleu. Mosaïque de pierres dures, des ateliers du Vatican.

L'orfévrerie et la mosaïque sont de travail moderne.

Rectangulaire. Long. 0,085. — Larg. 0,058. — Haut. 0,019.

Les fonds d'or sont guillochés ; les filets d'émail bleu, doubles, comme encadrement de la mosaïque et en dessous de la boîte ; simples sur la tranche. Le sujet de la mosaïque est la rencontre d'un chien braque et d'un chat, sur un fond de paysage.

13. — Tabatière, composée de dix plaques de jaspe oriental, fleuri. La monture à cage est d'cr ciselé, avec quelques grenats au bec. La plaque ovale qui décore le couvercle est une agate arborisée. Les matières dont est composée la petite mosaïque en relief, sont l'or, le fer, des pierres dures et la nacre.

Sans marque ni poinçons ; dix-huitième siècle.

Rectangulaire. Long. 0,085. — Larg. 0,059. — Haut. 0,035.

Le sujet représenté sur la plaque d'agate est un petit génie assis, qui promène un compas sur un bouclier ; des armes sont entassées sur le terrain et, en arrière, on voit un vase posé sur un piédestal.

14. — Tabatière. Le couvercle est un bois pétrifié et les pierres dont est composée la mosaïque en relief sont jaspes et grenats. La monture à cage, d'or ciselé, sertit neuf plaques de malachite de Sibérie. La doublure est d'or.

Orfévrerie de Paris, année 1789.

Octogone. Long. 0.090. — Larg. 0,060. — Haut. 0,025.

La mosaïque de pierres dures qui se détache en couleurs claires sur la nuance sombre du couvercle, est un groupe de fruits : deux pêches, deux fraises, des cerises, un raisin rouge. Travail florentin.

15. — Tabatière, d'agate orientale. Les fleurs et les insectes qui décorent le couvercle et la cuvette sont des appliques non incrustées; elles sont de pierres dures, ou demi-transparentes, les couleurs étant choisies pour imiter la nature.

Ovale. Long. 0,070. — Larg. 0,050. — Haut. 0,035.

16. — Tabatière, composée de six plaques d'agate onyx; montures et ornements d'or ciselé; enrichie de diamants, rubis, émeraudes et topazes. Sans marque ni poinçon.

Travail de la première moitié du dix-huitième siècle.

Rectangulaire. Long. 0,058. — Larg. 0,045. — Haut. 0,027.

Toute l'ornementation est disposée sur le couvercle : un fort diamant placé presqu'au milieu est rattaché à une coquille en forme de corne, dont les divisions sont alternativement des lignes d'émeraudes ou de topazes. Des diamants dessinent des feuilles de roseau, et des rubis sont groupés en tiges et feuillages.

17. — Tabatière, composée de six plaques d'agate sardonisée; montures en cage avec ornements d'or découpé et ciselé. Les pierres fines sont des roses et des rubis. Sur le bord supérieur de la cage qui garnit la cuvette, on lit les mots : UTILE AGRÉABLE ET SAIN.

Travail de la première moitié du dix-huitième siècle. Sans marque ni poinçon.

Rectangulaire. Long. 0,052. — Larg. 0,038. — Haut. 0,028.

L'ornement d'or est mêlé de rocailles et guirlandes de fleurs. Les pierres fines dessinent deux tiges de fleurs, avec feuillages.

18. — Tabatière, composée de dix plaques d'agate orientale doublées par une cuvette et une table de cornaline rosée. Les fruits en mosaïque groupés sur le couvercle de même que ceux qui forment quatre petits motifs sur la cuvette, et un plus grand, en dessous, sont des échantillons des pierres exploitées dans les mines de la Sibérie. La mosaïque est un travail délicat de la manufacture impériale. Les montures en cage sont d'or ciselé. Les pierres fines qui enrichissent les bords de la boîte sont des diamants et des rubis.

Orfévrerie moderne de Saint-Pétersbourg.

Irrégulière. Long. 0,090. — Larg. 0,072. — Haut. 0,042.

Nº 43 de la vente de M. Lablache.

Les fruits en mosaïque groupés sur le couvercle, sont : un ananas, un coing, une poire, une pomme, une figue, une orange, un raisin, des prunes, des cerises, des fraises avec leurs fleurs, des framboises. Quatre beaux diamants indiquent les milieux des bords ; les diamants plus petits, mêlés à quelques rubis, sont montés en fleurettes et feuillages qui se relient aux ornements d'or ciselé, de trois tons.

19. — Tabatière, composée de dix plaques d'agate onyx sardonisée orientale. La monture à cage est d'or ciselé sur les montants, d'or moulu sur les encadrements des deux plaques principales, lesquelles sont décorées de fleurettes émaillées, sur relief, dans le goût de Joaguet.

Orfévrerie de Paris, entre 1738 et 1744.

Octogone. Long. 0,075. — Larg. 0,055. — Haut. 0,030

20. — Tabatière, composée d'une cuvette et d'une plaque de couvercle, en cornaline orientale. Les moutures sont d'or, ciselées, et les fleurettes émaillées sur relief qui décorent le large bandeau de la cuvette et l'encadrement plus étroit du couvercle sont telles que les faisait l'orfèvre Joaguet.
. Orfévrerie de Paris, entre 1750 et 1756.

Irrégulière. Long. 0,060. — Larg. 0,045. — Haut. 0,025.

Les cornalines sont d'un rouge sombre. Les fleurettes émaillées de toutes nuances, sur fond d'or brillant.

21. — Tabatière, de cristal de roche, les garnitures d'or ciselé. Le portrait en émail, posé sur le couvercle, est celui de madame de Montespan.

Ovale. Long. 0,068. — Larg. 0,050. — Haut. 0,027.

Les ors qui suivent tous les contours du cristal, et dont le motif principal est une corde, sont de travail moderne. L'émail ovale, en hauteur, est une répétition du portrait exposé sous le n° 1476 du Catalogue des dessins et émaux du Musée : le visage est presque de face ; la chevelure blonde, bouclée, descend sur les épaules ; le corsage, rouge et brodé d'or, laisse à découvert la poitrine qu'accompagnent des dentelles.

22. — Tabatière, composée de six plaques dont les fonds sont de nacre gravée et les sujets figurés en relief mêlés d'ivoires et de nacres teints ; quelques accessoires en or incrusté.
Les montures, à cage, sont d'or ciselé ; la boîte est doublée d'or.
Orfévrerie de Paris, année 1748.

Rectangulaire. Long. 0,075. — Larg. 0,056. — Haut. 0,037.

L'on voit sur le couvercle l'intérieur d'un appartement, un groupe debout d'un jeune homme qui tient une dame embrassée ; à gauche, une statue de la fortune ; à droite, un curieux à demi-caché. Sur le tour de la boîte : une conversation dans un jardin ; une dame assise tenant un oiseau sur la main ; un homme qui joue de la guitare ; une dame assise. En dessous, la servante justifiée.

23. — Tabatière, composée de six plaques dont les fonds sont de nacre gravée et les sujets, figurés en relief, mêlés d'ivoire et burgau; quelques accessoires en or incrusté. Les montures, à cage, sont d'or ciselé; la boîte est doublée d'or.
Orfévrerie de Paris, année 1748.

Rectangulaire. Long. 0,062. — Larg. 0,045. — Haut. 0,032.

Les sujets figurés par incrustation sont des personnages et emblèmes chinois; des plantes de l'Orient, des oiseaux et des vases découpés se détachent en relief sur les fonds de nacre.

24. — Tabatière, composée de six plaques dont le travail d'incrustation est une réunion de nacres, burgaux, coquilles, filets d'or et quelques cornalines.
La monture à cage est d'or ciselé. Elle est doublée d'or. Sans marque ni poinçons.

Rectangulaire. Long. 0,076. — Larg. 0,056. — Haut. 0,038.

La plaque du couvercle et les quatre plaques du tour représentent des façades d'architecture dans le goût allemand du dix-huitième siècle.
L'ornement, sous la boîte, est un réseau d'or, formant une sorte de pavage de nacres gravées; les motifs principaux sont des rosaces et des coquilles.

25. — Bonbonnière d'écaille blonde incrustée d'ors de deux tons disposés en rubans croisés et en rosaces; montée d'or.
Bijouterie française de la fin du dix-huitième siècle.

Circulaire. Diam. 0,062. — Haut. 0,026.

26. — Bonbonnière d'écaille blonde semée d'étoiles d'or, cerclée d'or sur le couvercle et au-dessous de la boîte.

Circulaire. Diam. 0,062. — Haut. 0,021.

27. — Tabatière d'écaille blonde incrustée d'ors de deux tons. L'ornement se compose, sur le dessus de la boîte, d'une rosace centrale entourée d'un cercle, et, sur le fond, d'une fleur à six pétales.
Travail du dix-huitième siècle.

Circulaire. Diam. 0,055. — Haut. 0.020.

II.

Or, Or et Émail, Or et Camées.

28. — Tabatière, d'or, ciselée, émaillée sur reliefs, dans la manière de Joaguet.
Orfévrerie de Paris, année 1747.

Rectangulaire. Long. 0,070. — Larg. 0,053. — Haut. 0,027.

Les fonds d'or sont gravés à ondes. Toutes les surfaces de la boîte sont décorées de fleurs (roses, anémones, œillets, tulipes) émaillées sur relief dans leurs couleurs naturelles; les tiges et les feuilles brillent d'un ton vert éclatant.

29. — Tabatière, d'or, gravée à quadrilles, ornée de quelques émaux bleus translucides et décorée de compositions, figures et emblèmes peints sur appliques d'émail qui sont découpées sur les fonds.
Orfévrerie de Paris, année 1750.

Rectangulaire. Long. 0,070. — Larg. 0,053. — Haut. 0,034.

Sur le couvercle : Minerve et deux génies déroulant à ses pieds une pièce d'étoffe ; sur le dessous, Mercure entouré de nuages; sur le côté antérieur, Pégase; sur les trois autres côtés, trophées d'armures.

30. — Tabatière, d'or, gravée, décorée de bergeries
et de fleurs peintes sur appliques d'émail.
Orfévrerie de Paris, année 1753.

Rectangulaire. Long. 0,080. — Larg. 0,060. — Haut. 0,038.

Les fonds d'or sont gravés dans un système rayonnant du
centre de chaque plaque, et les rayons sont intaillés de divisions telles que celles d'une plume. Les peintures coloriées qui
ornent chacune des faces sont découpées sur les fonds d'or.
On voit sur le couvercle, une bergère assise, dont un berger
baise la main; sur le dessous de la boîte, une bergère, près
d'une fontaine, tressant des fleurs; sur les côtés, berger jouant
de la mandoline, et trois trophées d'objets champêtres.

31. — Tabatière, d'or, ciselée, revêtue en quelques
places d'émaux verts semi-translucides et décorée sur
toutes ses faces de grisailles, d'après Boucher, peintes
sur appliques d'émail. L'agrafe, en bec, est de diamants.
Sans marque ni poinçons. Milieu du dix-huitième
siècle.

Rectangulaire. Long. 0,079. — Larg. 0,057. — Haut. 0,036.

Les compositions, peintes en grisaille sur fonds roses, sont:
sur le couvercle, les génies du printemps; au dessous, ceux de
l'automne; autour de la boîte, les génies de l'été et de l'hiver,
et jeux de l'Amour.

32. — Tabatière, d'or, ornée de ciselures et d'émaux.
Les compositions en grisaille sur fonds roses, qui sont
peintes sur appliques d'émail de forme ovale, représentant des scènes rustiques, sont imitées de Greuze.
L'agrafe, en bec, est de brillants.
Sans marque ni poinçons. Milieu du dix-huitième
siècle.

Ovale. Long. 0,090. — Larg. 0,045. — Haut. 0,040.

Sur le couvercle, la famille du jardinier; sur la paroi latérale, le repas du laboureur, une jeune mère et ses enfants, le

goûter des enfants; sur le dessous de la boîte, les enfants du jardinier.

Les ors ciselés sont de trois tons; l'effet général est cherché dans un heureux mélange d'ors, d'émaux gros bleu et de grisailles sur fond d'un rose vif.

33. — Tabatière, d'or gravé et décoré d'émaux translucides. La peinture, sous cristal, qui orne le couvercle, représentant un groupe de villageois, est une porcelaine.

Orfévrerie de J. Ducrollay (1), Paris 1754.

Ovale. Long. 0,080. — Larg. 0,060. — Haut. 0,021.

Les fleurettes et les rubans bleus, qui forment une bordure autour du couvercle, sont répétés au-dessous de la boîte dont le centre a pour ornement une branche de liserons roses.

34. — Tabatière, d'or, ornée de ciselures, de gravures et revêtue d'émail bleu de roi, translucide.

Orfévrerie de J.-Ch. Ducrollay (2), Paris, 1755.

Ovale. Long. 0,070. — Larg. 0,055. — Haut. 0,035.

L'ornementation est composée de motifs gravés et découpés qui forment des masses d'or se détachant sur l'émail bleu des fonds; ce sont des terrains, des habitations, des arbres, une chaumière, un moulin à vent. Ces groupes sont reliés aux ornements ciselés qui décorent les bords.

35. — Tabatière, d'or, gravée et enrichie d'émaux translucides.

Travail sans marque, du milieu du dix-huitième siècle.

Ovale. Long. 0,065. Larg. 0,048. — Haut. 0,030.

Les fonds d'or sont gravés à quadrilles; les motifs émaillés sont découpés sur l'or brillant, la couleur bleue foncée étant réservée pour les personnages et toutes les nuances des pierres fines réparties sur les accessoires.

Les sujets sont des bergeries : sur le couvercle, la leçon de flûte, sur le dessous de la boîte, un berger, une chèvre et un chien.

---

(1) Jean Ducrollay reçu maître le 24 juillet 1734, demeurant cour de Lamoignon; retiré du commerce en 1761.

(2) Jean-Charles Ducrollay, reçu maître le 7 septembre 1737, demeurait en 1737 cour de Lamoignon; retiré du commerce en 1761.

36. — Tabatière d'or, ciselée, revêtue d'émail sur lequel sont superposés des ors découpés et ciselés.

Travail étranger, portant des marques imitées des poinçons français; milieu du dix-huitième siècle.

Ovale. Long. 0,081. — Larg. 0,058. — Haut. 0,034.

Les fonds d'émail sont bleu de roi et, en quatre places de la paroi latérale, trois petites rosaces d'or forment le centre de ronds émaillés verts. Les motifs des ors découpés sont, sur le couvercle, un chien saisissant un canard, deux vases de fleurs, deux branches de laurier; sur le dessous de la boite, un chien et un écureuil, les mêmes vases, les mêmes branches.

37. — Tabatière, d'or, gravée.
Orfévrerie de Paris, année 1759.

Rectangulaire. Long. 0,059. — Larg. 0,027. — Haut. 0,024.

Elle est toute d'or brillant.
Le dessin de la gravure est composé d'enlacements et d'é-cailles.

38. — Tabatière, d'or, ciselée, avec incrustations d'argent gravé et niellé. Les compositions traitées en bas-relief personnifient des divinités de la guerre : Mars assis sur des nuages; Bellone dirigeant un char; des génies les accompagnent, et des armes sont entassées ou groupées à l'entour.

Travail allemand, du milieu du dix-huitième siècle.

Irrégulière. Long. 0,105. — Larg. 0,049. — Haut. 0,045.

Le bec très-orné de rocailles, d'un haut relief, a dans ses ornements un aigle dont la tête et une aile semblent s'échapper de la boite.

39. — Tabatière, d'or, ciselée, enrichie de diamants, bis et émeraudes sur le couvercle et sur le bec.

Sans marque ni poinçons ; milieu du dix-huitième. cle.

Rectangulaire. Long. 0,080. — Larg. 0,060. — Haut. 0,033,

La forme de la cuvette est celle d'un sarcophage ; les ornements ciselés, d'un fort relief, encadrent des fonds gravés représentant sur les quatre côtés et sur le dessous de la boîte, des paysages, des animaux, des fleurs.

La décoration du couvercle est une sorte de pavage de pierres fines, composé de fleurs en diamants et rubis, de tiges et feuillages en émerïades.

40. — Tabatière, d'or, ciselée sur toutes ses faces La composition allégorique qui décore le couvercle fait allusion au couronnement de l'empereur Joseph II, fils de Marie-Thérèse. Il parvint à l'empire en 1765. La Gloire place la couronne sur la tête du jeune prince ; la Hongrie et la Bohême, agenouillées, lui présentent les insignes impériaux. L'agrafe en bec est de diamants.

Travail allemand, de la seconde moitié du dix-huitième siècle.

Rectangulaire. Long. 0,082. — Larg. 0,060. — Haut. 0,047.

Sur les parois latérales sont figurés, en bas-relief, l'Empire protecteur des sciences, des arts, du commerce et de la religion ; en dessous de la boîte l'écusson impérial soutenu par la Force et la Prudence.

41. — Tabatière d'or, ciselée.
Travail étranger, de la seconde moitié du dix-huitième siècle.

Ovale. Long, 0,084. — Larg. 0,044. — Haut. 0,035.

Toutes les parois de la boîte sont décorées de groupes de fleurs jetés sur des fonds rayonnants : un est placé sur le milieu du couvercle, un autre au milieu de la face opposée, quatre sur le tour de la tabatière. Quatre tons d'or diversifient les fleurs et les feuillages

42. — Tabatière d'or, ciselée.
Orfévrerie de Paris, année 1762.

Ovale. Long. 0,085. — Larg. 0,062. — Haut. 0,038.

Des groupes d'animaux sont ciselés sur le couvercle, sur le
devant et sur le dessous de la boîte; les sujets sont : des chiens
aux prises avec un loup, deux cygnes sur l'eau, un chien saisissant une oie sur son nid; les encadrements se composent
de feuillages, d'or pâle, attachés par des rubans de platine.
L'ornement qu'on nomme la grecque est plusieurs fois répété
en bordures et quelques parties du fond sont quadrillées et
étoilées.

43. — Tabatière, d'or, ciselée.
Travail étranger, dix-huitième siècle.

Ovale. Long. 0,076. — Larg. 0,056. — Haut. 0,032.

Des médaillons de forme ovale décorent le couvercle, le tour
et le dessous de la boîte; des guirlandes les accompagnent et
les relient. Les ors sont de quatre tons. Sur le couvercle,
groupe d'une nymphe et de l'Amour; dans les autres médaillons, les armes de l'Amour, instruments champêtres, vases,
colombes.

44. — Tabatière, d'or, ciselée sur ses bords. Les
émaux verts et bleus sont translucides; les fleurs en
relief sont peintes sur une pâte d'émail.
Travail du milieu du dix-huitième siècle, sans
marque ni poinçons.

Rectangulaire. Long. 0,079. — Larg. 0,058. — Haut. 0,032.

Les fonds d'or sont unis, brillants et décorés de grandes
tiges de fleurs : sur le couvercle, tulipe, anémone et jacinthes;
sur les côtés, rose, œillet, anémones, accompagnés de feuillages
et de fleurs bleues; sur le dessous de la boîte, les mêmes feuillages et fleurs bleues d'émail translucide; un œillet et une rose
peints sur relief.

45. — Tabatière, composée de six plaques d'or, gravées à ondes et décorées d'incrustations de nacres et burgau ; la monture à cage est d'or ciselé.
Elle est doublée d'or. Sans marque ni poinçons.

Rectangulaire. Long. 0,078. — Larg. 0,057. — Haut. 0,038.

Les incrustations de nacres, d'un faible relief et gravées, reproduisent une grande variété de coquilles, semées sur les fonds d'or ondés, et d'autres coquillages groupés avec des emblèmes marins.

46. — Tabatière, d'or, ciselée, décorée d'émaux translucides. Le petit paysage, marine avec figures, posé sur le couvercle, est peint sur émail.
Orfévrerie de George (1), Paris, 1762.

Ovale. Long. 0,083. — Larg. 0,060. — Haut. 0,040.

La construction de la boîte rappelle la disposition de quelques salières du xviiie siècle : quatre termes ciselés en bas relief sont placés comme des cariatides ; les fonds sont décorés de canaux reliés de deux en deux par des rosaces ; les bordures qui suivent les contours sont des enroulements de rubans ou des lignes de losanges. Le dessous de la boîte est composé d'une très-belle rosace à canaux rayonnants.
Le nom de l'orfévre : *George à Paris*, est gravé sur la gorge intérieure.

47. — Tabatière, d'or, ciselée, émaux bleus translucides.
Orfévrerie de Math. Coiny (2), Paris, 1763.

Ovale. Long. 0,087. — Larg. 0,044. — Haut. 0,040.

Toutes les surfaces de la boîte sont uniformément décorées de canaux qui recouvrent les fonds et de bordures formées par l'enlacement de deux rubans.

---

(1) Jean George fut reçu maître, le 24 janvier 1752 ; il demeurait alors place Dauphine, et, après sa réception, quai des Orfèvres.

(2) Mathieu Coiny, fils de maître, reçu maître le 15 septembre 1755, l'un des gardes de l'orfévrerie en 1771. Il a demeuré, en 1756, pont Notre-Dame et en 1772 quai de la Ferraille à l'enseigne de la *Reine de France*.

2

48. — Tabatière, d'or, doublée, revêtue de filets
d'émail vert translucide et enrichie d'appliques d'or
découpées et ciselées. La marine avec figures posée
sous verre, au milieu du couvercle, est imitée de
Joseph Vernet.
Orfévrerie de Paris, année 1766.

Ovale. Long. 0,078. — Larg. 0,058. — Haut. 0,034.

La construction en hauteur de la boite, rappelle une des
salières inventées au dix-huitième siècle : elle est composée de
filets, de bordures à jour, et d'un entourage de guirlandes de
feuillages rattachées à des clous. Le milieu du dessous est
une rosace ovale.

49. — Tabatière, d'or, ciselée. L'émail, sous verre,
qui orne le couvercle est le portrait de Marie-Thérèse,
femme du roi Louis XIV. Toutes les surfaces sont ciselées.
Orfévrerie de Paris, année 1766.

Ovale. Long. 0,062. — Larg. 0,032. — Haut. 0,026.

La boite est sur sa hauteur composée de pilastres qui sup-
portent une balustrade formant un petit ordre d'architecture.
Au milieu des champs que séparent les pilastres, est une rosace a cinq feuilles. Deux colombes posées sur un carquois
rempli de flèches, occupent au dessous de la tabatière un médaillon ovale, accompagné de branches de feuillages, comme
sont celles qui, sur le couvercle, descendent contre l'encadrement du portrait de la Reine.
Marie-Thérèse est peinte, presque de face, regardant à gauche.
Les boucles blondes de la chevelure tombent sur les épaules ;
des perles sur la tête, aux oreilles, au cou ; draperie jaune
pâle.

50. — Tabatière, d'or ciselé de deux tons, revêtue
de burgau. Les peintures en grisaille sur fond noir,
exécutées dans la manière de De Gault, sont : sur le
couvercle, l'Amour enchaîné par les Grâces ; au dessous
de la boite, la danse des Grâces ; sur le pourtour, des

jeux d'enfants; entre les pilastres jumeaux qui forment montants, quatre génies debout.
Orfévrerie de Paris, année 1771.

Ovale. Long. 0,081. — Larg. 0,063. — Haut. 0,033.

51. — Tabatière, d'or, monture en cage, ornée de ciselures. Les fonds sont d'émail opaque et imitant de très-près le lapis. La peinture de fleurs, sur le couvercle, est un émail de Genève.
Orfévrerie de Paris, entre 1768 et 1774.

Ovale. Long. 0,076. — Larg. 0,033. — Haut. 0,025.

52. — Tabatière, d'or, ciselée.
Orfévrerie de P. Lenfant (1), Paris, 1776.

Ovale. Long. 0,080. — Larg. 0,059. — Haut. 0,028.

Les fonds sont gravés à pointes de diamant; les bordures simulent deux rubans enroulés; sur le couvercle, dans un cartouche ovale en hauteur est ciselé un trophée réunisssant les armes et les emblêmes de l'Amour.
Les ors sont de trois tons.

53. — Tabatière, d'or, ciselée, revêtue d'émail blanc translucide, sur fond gravé.
Travail étranger, fin du dix-huitième siècle.

Ovale. Long. 0,066. — Larg. 0,048. — Haut. 0,027.

Les ciselures simulent une monture à cage. Les ors sont de trois tons; des vases décorent les quatre montants; une rosace forme le centre du dessous de la boîte. Au milieu du couvercle, dans un médaillon ovale en hauteur, est figuré un petit Amour attachant sur un vase des guirlandes. La gravure que laissent voir les émaux opalins est disposée en rayons.

---

(1) Pierre-Jean Lenfant, reçu maître le 5 septembre 1772. Il habitait sur le quai des Orfèvres à l'enseigne du *Vase d'or*.

54. — Tabatière, d'or, gravée et ciselée.
Orfévrerie de Pillieu (1), Paris, 1779.

Octogone. Long. 0,077. — Larg. 0,037. — Haut. 0,017.

Les fonds sont gravés à pointes de diamants; les bordures
simulent deux rubans enroulés. Les ors sont de deux tons.

55. — Tabatière, d'or, ciselée, décorée d'émail vert
translucide et d'émail blanc opaque.
Travail étranger, fin du dix-huitième siècle.

De forme allongée, arrondie aux extrémités.
Long. 0,090. — Larg. 0,032. — Haut. 0,021.

Les fonds d'or sont rayés longitudinalement; les émaux verts,
posés en bordure, laissent voir la gravure d'un ruban enroulé;
les émaux blancs qui les contournent forment des lignes de
pois.

56. — Boîte à mouches, d'or, ciselée.
Orfévrerie de Paris, année 1784.

Circulaire. Diam. 0,039. — Haut. 0,015.

Toutes les surfaces sont rayées de filets concentriques et
semées de pois. Les bordures sont variées; sur le couvercle,
des tores de feuillages; au bas de la boite, un ruban enroulé ;
en dessous, une corde.

57. — Tabatière, d'or, ciselée.
Orfévrerie de Paris, année 1784.

De forme allongée, arrondie aux extrémités.
Long. 0,095. — Larg. 0,030. — Haut. 0,022.

Toutes les surfaces sont rayées longitudinalement et semées
de pois. Les bordures et les montants affectent les formes d'une
corde.

---

(1) Barthélemy Pillieu reçu maitre le 16 juillet 1774. Il demeur..it sur
le pont au Change.

58. — Tabatière d'or, ciselée.
Travail étranger, fin du dix-huitième siècle.

De forme allongée, arrondie aux extrémités.
Long. 0,077. — Larg. 0,028. — Haut. 0,022.

Réduction du numéro 57.

59. — Tabatière, d'or, gravée, revêtue d'émail
Travail étranger, de la seconde moitié du dix-huitième siècle.

Ovale. Long. 0,047. — Larg. 0.036. — Haut. 0,018.

La boîte est montée comme à cage. L'émail bleu étoilé d'or
appliqué sur fonds gravés et quadrillés couvre tous les champs
excepté ceux du dessous. Au centre du couvercle un bouquet
de roses d'or. Sur les bordures et montants quelques touches
d'émaux bleus, rubis et blancs.

60. — Tabatière, d'or, ciselée. Le portrait en émail,
posé sous cristal, qui orne le couvercle, est celui de
Marie-Thérèse, femme du Roi Louis XIV et est la répétition d'un émail de Petitot, exposé dans le Musée sous
le n° 1445.
Orfévrerie de Paris, année 1784.
Le nom de Barbe est gravé près des poinçons.

Rectangulaire. Long. 0,078. — Larg. 0,044. — Haut. 0,039.

Les ors sont de trois tons. L'ornementation réunit des
médaillons encadrant des vases, des guirlandes de fleurs, des
rubans, des feuillages; une couronne ovale encadre le portrait.
La reine est peinte de trois-quarts ayant aux oreilles et au
col des perles ; la draperie est jaune.

61. — Tabatière, d'or, ciselée, revêtue d'émail translucide. La tête de Minerve, casquée, dont est orné le

couvercle , est une agate-onyx ; travail moderne, d'après une pierre antique.

L'orfévrerie émaillée est de Genève, et de l'année 1798.

Octogone. — Long. 0,097. — Larg. 0,061. — Haut. 0,022

Le couvercle, dont la pierre gravée, ovale en hauteur, remplit le milieu, est entièrement d'or ciselé et abondamment orné de rinceaux.

62. — Tabatière, d'or, gravée. Sur le couvercle, topaze brûlée, entourée de diamants.

Travail moderne, de Vachette.

Rectangulaire. Long. 0,083. — Larg. 0,036. — Haut. 0,023.

Sur la tranche de la cuvette sont gravés les mots : Vachette bijoutier à Paris. 20 k. 5.

63. — Tabatière, d'or, ciselée. Le camée, monté à jour, qui orne le couvercle, est de sardoine-onyx. Le sujet est l'Amour vainqueur ; le lion sur lequel il est assis, dompté, le porte et marche paisible.

La pierre et l'orfévrerie sont de travail moderne.

Octogone. 0,072. — Long. 0,042. Haut. 0.025.

La sardoine, de forme ovale, posée en longueur, est à deux couches, le groupe et un large cercle d'encadrement se détachant nettement sur un fond sombre et homogène. Les ciselures qui sont réparties sur les bordures et sur huit pilastres, ou qui, disposées en rosaces, dessinent des branches de lauriers, sont d'or brillant sur fonds mats.

64. — Tabatière, d'or, ciselée. Les deux têtes, gravées sur la cornaline blanche qui orne le couvercle, sont celles des empereurs Antonin et Marc-Aurèle.

Travail du seizième siècle, d'après une pierre antique. L'encadrement est de rubis. Orfévrerie étrangère et moderne.

Rectangulaire. Long. 0,064. — Larg. 0,047. — Haut. 0,012.

65. — Tabatière, d'or, ciselée.
Travail moderne.

Ovale. Long. 0,060. — Larg. 0,047. — Haut. 0,018.

Les fonds sont d'or bruni ; les ornements se détachent par leur ton brillant. Sur le couvercle, une coupe remplie de fleurs, supportée par des enroulements qui sont répétés sur le pourtour et sur le dessous de la boîte.

66. — Tabatière, d'écaille, doublée d'or. La pierre gravée sur coquille est la copie d'une antique, tête d'Alexandre. L'encadrement est d'or ciselé, filet d'émail.
Travail moderne.

Rectangulaire. Long. 0.076. — Larg. 0,051. — Haut. 0,017.

67. — Tabatière, d'écaille, montée en or. Le camée qui orne le couvercle est de sardoine-onyx ; le sujet représenté est l'Amour sur son char, traîné par deux béliers ; en arrière, un enfant soufflant dans un cornet. Le cercle est de diamants, l'encadrement est d'or ciselé, pointillé sur mat et le filet d'émail. En dessous de la boîte, dans un encadrement dont l'or a les mêmes dimensions et est de même travail, sont placés sous verre, des cheveux bruns mêlés de blancs.
Le camée est antique, la monture est moderne.

Circulaire. Diam. 0,066. — Haut. 0,018.

Le petit camée est ovale, en longueur ; le cadre d'or qui l'enveloppe forme sur le couvercle un champ rectangulaire, presque carré, déterminé par un filet d'émail bleu.

68. — Tabatière, d'or, ciselée.
Orfévrerie de Paris. entre 1820 et 1825.

Rectanguiaire. Long. 0,084. — Larg. 0,058. — Haut. 0,020.

La figure assise sur une balle près d'une ancre, coiffée de plumes, portant une corne d'abondance, personnifie le Commerce maritime ; le soleil répété plusieurs fois, un palmier, un bananier, les fruits de l'ananas font allusion aux terres séparées de l'Europe par l'Océan Atlantique. Sur les côtés sont ciselés des poissons et des coquilles, symbolisant les mers.

III.

Tabatières émaillées.

69. — Tabatière, d'or. La miniature, buste ovale, sous cristal, ornant le milieu de la boîte, est le portrait de Cosme III, duc de Toscane, fils de Ferdinand II, de Médicis. Les demi-figures de femmes, peintes en émail sur plaques d'or, qui, rapportées dans des encadrements, décorent toutes les parois apparentes, sont des reproductions de la suite des Sibylles, de Claude Vignon : sur le couvercle, « la Tiburtine, la Cumaine » ;
Sur la face antérieure, « la Phrygiéne, l'Agrippine », la Lybique » ;
Sur la face opposée, « l'Hellespontique, la Persique, l'Eristrée » ;
Sur le côté droit, « l'Europeane »; sur le gauche, « la Delphique ».
Émaux du dix-septième siècle.

Rectangulaire. Long. 0,080. — Larg. 0,035. — Haut. 0,043.

La forme très-particulière rappelle celle de quelques sarcophages. Les ors ciselés sont de trois tons.

70. — Tabatière, d'or, décorée de ciselures, d'émaux opaques et de fleurs et guirlandes d'or, en appliques, rapportées sur les émaux. La peinture en émail sur or qui, engagée dans un cadre de diamants, orne le milieu du couvercle, est la reproduction, avec une variante, d'une composition de Antoine Coypel, au château de Meudon, gravée par L. Desplaces, en 1715, avec cette légende :

Alcide vainqueur de l'envie
Par un effort nouveau,
Arrache du tombeau
Alceste qu'il rend à la vie.

Orfévrerie de Paris, année 1754.

Circulaire. Diam. 0,074. — Haut. 0,038.

Les émaux opaques sont de deux couleurs ; l'une est un vert très-frais, l'autre est grise et veinée de blanc.

71. — Tabatière, d'or, ciselée, décorée d'émaux bleus translucides et d'émaux peints. Les fleurs qui, groupées dans une corbeille, semées à l'entour, jetées dans des médaillons variés de formes et de grandeurs, ornent toutes les faces de la boîte, sont peintes sur des appliques d'émail blanc.
Orfévrerie de J. Moynat (1). Paris, 1754.

Ovale. Long. 0,087. — Larg. 0,066. — Haut. 0,040.

Les peintures sont : sur le couvercle, une corbeille de jonc, posée sur une tablette de marbre et qui contient des roses et des narcisses. Sur le tour de la boîte, une branche d'oreilles d'ours, une de julienne, un œillet, une anémone. En dessous, un bouquet de tulipes et jonquilles. Les fleurs se détachent dans leurs couleurs naturelles sur des fonds nuancés de tons bruns et bleu clair.

(1) Jean Moynat, reçu maître le 5 octobre 1745, demeurait en 1748 place Dauphine, en 1753 rue Saint-Louis, en 1759 sur le pont Saint-Michel ; retiré le 12 décembre 1761.

72. — Tabatière, d'or, ciselée, rehaussée de perles d'émail blanc, revêtue d'émail bleu de roi translucide sur fonds guillochés. Le sujet de la peinture en grisaille, imitant un bas-relief d'ivoire, est le triomphe de Silène, de la main de Degault, comme aussi celui que l'on voit sous la boîte représentant des nymphes et des satyres.
Orfévrerie de J. Ducrollay. Paris, 1757.

Ovale. Long. 0,077. — Larg. 0,059. — Haut. 0,039.

L'or ciselé est de deux tons ; la contexture des ors simule une monture à cage. L'intérieur est doublé.

73. — Tabatière, d'or, ciselée, décorée de peintures sur appliques d'émail. Les compositions en grisaille, qu'encadrent et relient les ors ciselés, quelques fonds bleus d'émail imitant le lapis et les festons de fleurs, représentent, sous la forme de tout jeunes enfants, les génies des arts et des sciences.
Orfévrerie de George. Paris, 1760.

Ovale. Long. 0,066. — Larg. 0,051. — Haut. 0,032.

Les sujets des grisailles sont : sur le couvercle, la musique ; sur le tour de la boîte, deux groupes et deux figures seules, la Poésie, l'Histoire, la Géographie ; en dessous, la Peinture et la Sculpture réunies.
Sur la gorge, sont gravés les mots : GEORGE A PARIS.

74. — Tabatière, d'or. Les parois sont revêtues d'émail translucide sur fonds gravés et les encadrements, simulant une monture en cage, sont d'or et ciselés. La peinture en émail, posée sur le couvercle est le portrait de Marie-Anne de Bavière, dauphine de France.
Orfévrerie de P.-J. Bellangé (1). Paris, 1762.

Rectangulaire. Long. 0,033. — Larg. 0,041. — Haut. 0,041.

L'émail de revêtement a la couleur et l'éclat de l'ambre ; un vermicelle noir, tracé au pinceau, décore uniformément toutes les surfaces.

___

(1) Pierre-Jean Bellangé, reçu maître le 14 avril 1754. Il demeurait place Dauphine.

75. — Tabatière, d'or, ciselée, revêtue d'émail. Le petit émail peint qui orne le couvercle, représente Coriolan et, à ses pieds, sa famille en prière.

Orfévrerie de Paris, exécutée entre les années 1756 et 1762.

Rectangulaire. — Long. 0,063. — Larg. 0,046. — Haut. 0,034.

L'émail translucide, couleur de hyacinthe, est monté comme en cage dans des encadrements d'émail blanc opaque sur lequel sont peintes des guirlandes de roses. La peinture du couvercle, ovale, est entourée d'une bordure d'or émaillé de points et filets blancs.

On lit sur la gorge de la boîte : GARAND A PARIS. C'est le nom du bijoutier qui a vendu la boîte.

76. — Bonbonnière, d'or, ciselée, décorée d'émaux translucides. Le portrait d'une dame entourée d'une guirlande de fleurs, est la copie d'une peinture du dix-septième siècle.

Orfévrerie de Ch.-B. Sageret (1). Paris, 1764.

Circulaire. Diam. 0,070. — Haut. 0,021.

L'émail translucide est de couleur verte; les motifs gravés en dessous sont des trophées d'armes ou des instruments de musique : symboles de la comédie et du chant, armes de l'Amour. Ces motifs sont habilement distribués, dans six compartiments sur le pourtour et, en dessous de la boîte, dans une rosace centrale. Le costume de la dame, dont le portrait enrichit le couvercle, est du temps de Louis XIV; la robe est couleur de feu.

77. — Tabatière, d'or, ciselée, revêtue d'émaux verts translucides, sur fonds gravés. L'émail peint qui décore le milieu du couvercle représente Vénus et l'Amour. Les sujets gravés, sous émail translucide,

---

(1) Charles-Barnabé Sageret, fils de maître, orfèvre, comme son père, du duc d'Orléans; reçu maître le 30 avril 1752. Il demeurait sur le pont au Change.

sont : sur le couvercle, des génies du printemps; sur le tour de la boîte, les génies des sciences, de la poésie, de la musique; en dessous, la peinture et la sculpture et des instruments de musique disposés en trophées.

Orfévrerie de J.-F. Mathis de Beaulieu (1). Paris 1768.

Ovale. Long. 0,080. — Larg. 0,059. — Haut. 0,039.

L'émail peint du couvercle est ovale en hauteur. Les ors ciselés sont de trois tons. Sur la gorge, sont gravés les mots : VEUVE GEORGE BEAULIEU A PARIS.

78. — Tabatière, d'or, ciselée, revêtue d'émaux bleus opaques imitant le lapis et décorée de peintures sur émail. Les sujets peints sont : sur le couvercle, une nymphe qui brûle sur un autel les armes de l'Amour; en dessous de la boîte, une nymphe du printemps écoutant les propos de l'Amour; autour de la boîte dans quatre médaillons, des emblêmes amoureux.

Orfévrerie de la veuve George Beaulieu. Paris, 1768-74.

Ovale. Long. 0,083. — Larg. 0,061. — Haut. 0,040.

Les ors ciselés sont de trois tons. L'émail peint du couvercle est ovale, en hauteur; celui du dessous, ovale en longueur; les quatre émaux du pourtour sont presque circulaires, reliés par des guirlandes de feuillages, séparés par des termes. Sur la gorge sont gravés les mots : VEUVE GEORGE BEAULIEU, A PARIS.

79. — Tabatière, d'or, ornée de ciselures. Les fonds sont revêtus d'émail bleu de roi translucide. Le portrait en émail, peint par Petitot, a été rapporté.

Orfévrerie de Paris, année 1772.

Octogone. Long. 0,080. — Larg 0,041. — Haut. 0,040.

La partie ciselée, de trois tons d'or, imite une monture en cage avec des pans coupés aux angles qui forment pilastres.

_____

(1) Jean-François Mathis de Beaulieu, reçu maître le 13 juillet 1768. Il demeurait sur le quai des Orfèvres à l'enseigne de l'Observatoire. Il était élève et successeur de George.

Les gravures des fonds sous l'émail translucide sont rubanées, avec des ondes transversales. Le personnage inconnu, peint par Petitot a le visage posé de trois-quarts : sur la tête une ample perruque. L'on voit sur l'épaule l'indication d'une cuirasse ; des dentelles s'étalent sur la poitrine.

80. — Tabatière, d'or, ciselée, revêtue d'émail translucide, sous fondant ; ornée de lignes d'opales, de filets d'émail blanc, de quelques émaux verts qui, sur les quatre montants, accompagnent un groupe de trois opales.
Orfévrerie de L.-F.-A. Taunay (1). Paris, 1773.

De forme allongée, arrondie aux extrémités.

Long. 0,094. — Larg. 0,030. — Haut. 0,028.

L'émail de revêtement est de couleur aventurine, claire et vive. Le dessin gravé qu'il laisse voir est composé de bandes transversales et trois rangs de pois.

81. — Tabatière, d'or, émaillée, enrichie de diamants. Sur le couvercle, portrait en miniature sous verre d'une dame, dans le costume du commencement du règne de Louis XV.
Orfévrerie de Paris. La boîte date de 1774 et le couvercle de 1773.

Ovale. Long. 0,070. — Larg. 0,036. — Haut. 0,028.

L'émail qui revêt la boîte sur fonds guillochés est bleu de roi translucide. Les bordures qui encadrent les fonds sont ciselées dans des ors de deux tons. Le portrait est encadré d'un mince filet d'or ciselé. La dame de trois quarts à gauche a les cheveux poudrés et porte une robe bleu de ciel. Les diamants sont disposés en ligne sur les bords du couvercle.

82. — Tabatière, d'or de deux tons, à fonds et filets d'émail. Sur le couvercle, la peinture en émail repré-

---

(1) Louis-François-Auguste Taunay reçu maître le 7 mars 1761 ; qualifié de joaillier et metteur en œuvre par l'*Almanach Dauphin.*

sente une jeune femme en costume du temps de
Louis XVI.

Orfévrerie de J.-E. Blerzy (1). Paris, 1774.

Ovale. Long. 0,063. — Larg. 0,046. — Haut. 0,030.

Les bordures ciselées, formant cage, encadrent les fonds revêtus en plein d'un émail bleu de roi translucide posé sur
gravures cannelées; elles sont lisérées d'émail blanc opaque. La
jeune femme peinte sur un émail ovale porte une robe rose. Elle
est assise sur un fauteuil vert devant une table recouverte d'un
tapis bleu et portant une perruche et sa cage.

83. — Tabatière, d'or, ornée de ciselures et de filets
d'émail blanc; la disposition des bordures et montants
ciselés imitent une monture à cage.
Orfévrerie de Paris, année 1776.

Ovale. Long. 0,083. — Larg. 0,060. — Haut. 0,035.

Les arbrisseaux et terrains qui décorent les fonds d'or rayés
sont tracés au pinceau et ces fonds peints sont recouverts d'un
fondant. Le portrait placé sur le couvercle, sous verre, est la
reproduction de l'émail exposé dans le Musée sous le numéro 1479, et sous le nom de Marguerite de Lorraine, duchesse
d'Orléans, seconde femme de Gaston, frère de Louis XIII.

84. — Tabatière, d'or ciselé, revêtue d'émail translucide sur fonds gravés, décorée d'émaux blancs opaques, d'émaux semi-transparents, imitant l'opale, et
d'émaux translucides ayant la couleur et l'éclat du
grenat et de l'émeraude. La peinture en émail posée
sur le couvercle représente la fille de Pharaon, qui
trouve, sur le rivage du Nil, Moïse exposé par sa
mère.

---

(1) Joseph-Étienne Blerzy, reçu maître le 12 mars 1768. Il habitait
sur le pont au Change, à l'enseigne de la ville de Leipsick.

Imitation des poinçons français de l'année 1770 environ.

Ovale. Long. 0,081. — Larg. 0,058. — Haut. 0,032.

L'émail des fonds est d'une couleur bleue un peu ardoisée. La gravure qu'il recouvre, sans la cacher, est disposée en bandes sur lesquelles sont des lignes de pois. L'émail peint est ovale, en hauteur, dans un cadre d'or.

85. — Tabatière, d'or ciselé, revêtue d'émail. L'émail peint qui décore le couvercle représente l'Amour qui apparaît à une Nymphe assise près d'un ruisseau.
Travail étranger de la seconde moitié du dix-huitième siècle.

Ovale. Long. 0,082. — Larg. 0,060. — Haut. 0,023.

L'émail translucide, couleur lie de vin, est appliqué sur fonds gravés à pois. Les bordures ciselées sont rehaussées d'émaux blancs, verts et rubis. L'émail peint du couvercle, ovale posé en hauteur, est entouré d'une ligne de points d'émail blanc imitant l'opale et formant grenetis.

86. — Tabatière, d'or, ciselée, revêtue d'émail translucide, décorée d'émail blanc opaque, d'émail vert semblable à l'émeraude. La peinture émaillée posée sur le couvercle, représente le jeune Télémaque, protégé par Minerve contre les séductions de la nymphe Eucharis.
Les poinçons sont imités des poinçons français qui avaient cours vers l'année 1770.

Ovale. Long. 0,080. — Larg. 0,058. — Haut. 0,027.

L'émail des fonds est d'une couleur bleue, un peu ardoisée. La gravure qu'il recouvre, sans la cacher, est disposée en bandes égales sur lesquelles sont jetés des pois. L'émail peint est ovale en hauteur, dans un cadre d'or : Minerve interpose son égide, entre le jeune homme et la nymphe qui est accompagnée de deux petits Amours.

87. — Tabatière, d'or, revêtue d'émail rosé translucide sur fonds gravés à pois. La peinture en émail que l'on voit sur le couvercle représente un prince en costume antique devant qui des marchands étalent une pièce d'étoffe.

Orfévrerie étrangère, de l'année 1770 environ. Imitation des poinçons français contemporains.

Ovale. Long. 0,081. — Larg. 0,058. — Haut. 0,034.

Les bordures ciselées qui encadrent les fonds sont accompagnées de lignes de grosses perles en émail blanc. L'émail peint, ovale, posé en hauteur, est encadré d'une bordure d'or sur laquelle s'élève un rang de perles d'émail blanc.

88. — Bonbonnière, d'or ciselé, revêtue d'émail. La peinture en émail qu'on remarque au milieu du couvercle représente une offrande à l'Amour.

Travail étranger, de la seconde moitié du dix-huitième siècle.

Circulaire. Diam. 0,081. — Haut. 0,020.

L'émail vert translucide, nuance d'un péridot, est appliqué sur fonds gravés à pois. Les bordures ciselées sont rehaussées de perles d'émail opalin et de points et feuillages vert-émeraude. L'émail peint, ovale, posé en hauteur, est encadré par une bordure d'or ciselé et par un grenetis de gouttes d'émail blanc. La jeune femme, tenant une cassette de bijoux à la main, est agenouillée devant l'autel de l'Amour qui, du haut de son piédestal, la couronne de fleurs.

89. — Tabatière, d'or, ciselée, ornée d'émaux. Le sujet de l'émail peint, encadré sur le milieu du couvercle, est l'incendie de la bibliothèque d'Alexandrie. Le khalyfe Omar avait ordonné à Amrou, son lieutenant, de détruire tous les écrits, parce qu'ils étaient inutiles, s'ils étaient conformes au Coran, et dangereux, s'ils lui étaient contraires.

Orfévrerie étrangère, de 1770 environ. Imitation des poinçons français contemporains.

Ovale. Long. 0,081. — Larg. 0,058. — Haut. 0,031.

Les fonds d'or sont rayés. Quelques émaux, disposés en bordure, imitent des agates arborisées; d'autres, posés sur relief, ont la couleur et l'éclat de l'émeraude.

90. — Tabatière, d'or, revêtue d'émail. Sur le couvercle, peinture en émail, représentant deux pêcheurs, homme et femme, près d'un rocher, au bord de l'eau.
Orfévrerie étrangère, de 1770 environ. Imitation des poinçons français contemporains.

Ovale. Long. 0,083. — Larg. 0,060. — Haut. 0,030.

L'émail opaque est de couleur bleu-lavande, décoré de filets blancs ainsi que de bordures mêlées d'or et d'émaux blancs et bleus.

91. — Tabatière, d'or ciselé et gravé; décorée d'émaux opaques et translucides. La peinture en émail, représentant l'étalage d'une marchande de légumes, est une imitation libre d'une composition de Téniers.
Fin du dix-huitième siècle.

Ovale. Long. 0,080. — Larg. 0,058. — Haut. 0,028.

Les fonds d'or sont guillochés; les émaux opaques sont blancs figurant des perles et de couleur bleu lavande, en filets; les translucides sont rouge-grenat et vert émeraude, semés sur des fleurettes et des feuillages. La figure principale de la peinture est la marchande assise près d'une cuve renversée, entourée de légumes; un paysan debout lui présente un chou.

92. — Tabatière, d'or, ciselée, revêtue d'émail. L'émail peint, qui décore le couvercle, représente le Peintre amoureux de son modèle.

Orfévrerie étrangère, de la fin du dix-huitième
siècle.

Ovale. Long. 0,080. — Larg. 0,058. — Haut 0,025.

Sur l'émail bleu lavande opaque qui occupe tous les champs
sont enlevés à la pointe des ornements et vignettes d'un trait
extrêmement fin et gravés. Les bordures et montants ciselés formant cage sont rehaussés de perles et touches d'émaux blancs,
verts et de deux bleus. Autour de la peinture qui est en grisaille, ovale, posée en hauteur, et sur fond rose, règne un encadrement d'or ciselé et émaillé comme les bordures.

93. — Tabatière, d'or, émaillée, montée à cage, en
or ciselé. Sur le couvercle et sous la boîte, les peintures en grisaille représentent, l'une, le triomphe de
Bacchus enfant; l'autre, le triomphe de l'Amour.
Orfévrerie de Paris, année 1776.

Octogone. Long. 0,077. — Larg. 0,038. — Haut. 0,023.

L'émail bleu de roi translucide est appliqué sur fonds guillochés.

94 — Tabatière d'or, ciselée et revêtue d'émail. La
peinture sous cristal, dans un encadrement d'or, qui
décore le couvercle, représente une illumination dans
un jardin.

Octogone. Long. 0,092. — Larg. 0,050. — Haut. 0,022.

L'émail bleu de roi translucide est appliqué sur fond guilloché; la boîte est montée à cage dans des bordures d'or ciselé.

95. — Tabatière, d'or, ciselée et émaillée, revêtue
d'émail translucide sous fondant. Le sujet représenté

sur l'émail peint, emprunté à la tragédie de *Phèdre*, est le retour inattendu de Thésée :

Arrêtez Thésée.

. . . .
Je ne mérite plus ces doux empressements,
Vous êtes offensé !

Acte III. Scène IV.

Orfévrerie de Paris, année 1777.

Ovale. Long. 0,079 — Larg. 0,059. — Haut. 0,029

Les émaux posés sur les ciselures imitent l'émeraude, le saphir et le rubis ; l'émail translucide des fonds est de couleur gris ardoise. L'émail peint est ovale, placé sur la hauteur.

96. — Tabatière, d'or, ciselée, décorée d'émaux. La peinture en grisaille, représentant des jeux d'enfants sur des nuages, est une composition dans le goût de Larue. Les fonds satinés, de couleur grise, sont émaillés et recouverts d'un fondant. Les émaux posés sur les reliefs des ciselures, imitent le rubis, l'émeraude, la turquoise.

Orfévrerie de J.-F. Mathis de Beaulieu. Paris, 1777.

Ovale. Long. 0,065. — Larg. 0,050. — Haut. 0,025.

97. — Bonbonnière, d'or, ciselée et émaillée, revêtue d'émail translucide.

Orfévrerie de Paris, année 1777.

Circulaire et bombée. Diam. 0,055. — Haut. 0,040

L'émail translucide des fonds est du plus beau bleu de roi. Les émaux posés sur les ciselures imitent l'émeraude, le rubis et la perle.

98. — Tabatière, d'or, ciselée et émaillée ; revêtue d'émail translucide, enrichie de perles fines. Le sujet de l'émail peint, emprunté à la tragédie de *Phèdre,* est l'aveu d'Hippolyte à la jeune Aricie :

Songez que je vous parle une langue étrangère,
Et ne rejetez pas des vœux mal exprimés
Qu'Hippolyte sans vous n'aurait jamais formés.

Acte II. Scène II.

Orfévrerie de J.-E. Blerzy. Paris, 1781.

Ovale. Long. 0,080. — Larg. 0,060. — Haut. 0,024.

Les ciselures sont rehaussées d'émail vert; l'émail translucide des fonds, de nuance rosée, est décoré d'un vermicelle de couleur violacée. L'émail peint est ovale, posé sur la hauteur.

99. — Tabatière, d'or, ciselée et émaillée, enrichie d'opales, revêtue d'émail translucide sous fondant. Le costume du portrait, peint en miniature est de fantaisie.
Orfévrerie de J.-E. Blerzy. Paris, 1781.

Ovale. Long. 0,082. — Larg. 0,061. — Haut. 0,030.

Les émaux posés sur les ciselures ont la couleur et l'éclat de l'émeraude; les fonds translucides sont gris d'ardoise. Les opales sont alignées en bordures; d'autres décorent les quatre montants. La jeune femme peinte en miniature a sur la tête une couronne de roses qu'accompagne un voile retombant.

100. — Tabatière, d'or, ciselée, monture à cage; les fonds guillochés et revêtus d'émail translucide, sont recouverts de plaques de cristal. Le sujet représenté sur l'émail peint, est la fable de la nymphe Syrinx qui, poursuivie par le dieu Pan, s'est jetée dans les bras du fleuve Ladon, son père. Pan n'embrassa que des roseaux dont il fit la flûte à sept tuyaux qui porte le nom de la nymphe.
Orfévrerie de Paris, de 1780 à 1785.

Octogone. Long. 0,075. — Larg. 0,056. — Haut. 0,030.

101. — Tabatière, d'or, revêtue d'émail imitant l'opale, sur fonds gravés à pois ; au milieu du couvercle, trophée d'emblèmes amoureux, peint en émail.

Travail étranger, de l'année 1780 environ ; imitation des poinçons français contemporains.

Ovale. Long. 0,070. — Larg. 0,054. — Haut. 0.022.

Les bordures et montants ciselés sont décorés de fleurettes, feuillages et nœuds de rubans avec quelques touches d'émaux verts, blancs et rouges. La peinture émaillée, qui forme le milieu du couvercle, est sur fond violacé. On y voit sur un autel, auprès duquel fume l'encens, une offrande de deux colombes et de quelques roses. Un petit chien s'élance contre l'autel. A terre, le carquois de l'Amour.

102. — Bonbonnière, d'or estampé encadrant des plaques d'émail, enrichie de perles. La sculpture microscopique en ivoire, qui décore le centre du couvercle, est un trophée d'instruments de musique, entouré d'une couronne de pampres.

Orfèvrerie de Paris, année 1784.

Circulaire. Diam. 0,058. — Haut. 0,025.

L'émail, bleu de roi translucide, est appliqué sur fonds guillochés et ondés. La boîte, montée comme à cage, est composée de bordures et de montants. La sculpture d'ivoire, circulaire, est encadrée de perles fines. D'autres perles fines disposées alternativement en rosaces et en points sont fixées sur l'émail du couvercle.

103. — Tabatière, d'or, émaillée, enrichie de cinq rangs de perles fines. La miniature, qui décore le couvercle, est le portrait du roi Louis XVI. Elle est signée à gauche AUGUSTIN. Au-dessous de la boîte, est un petit bas-relief d'ivoire sous cristal, réprésentant une ruine, des arbres, des bergers et un troupeau.

Orfèvrerie de Paris, de l'année 1785 environ.

Circulaire. Diam. 0,070. — Haut. 0,030.

L'émail de la boîte est bleu de roi opaque.

Cette pièce provient de la vente Soret. Elle portait le n° 13 du *Catalogue des tabatières* de cette collection.

104. — Tabatière, d'or, revêtue d'émail bleu de roi translucide sur fonds guillochés. Sur le couvercle, miniature : portrait de Marie-Antoinette, reine de France, par Sicardi, 1785.
Émaillerie de Genève, fin du dix-huitième siècle.

Ovale. Long. 0,083. — Larg. 0,058. — Haut. 0,024.

Le portrait en buste est ovale, en hauteur. La robe, décolletée, est blanche; l'on voit des perles dans la chevelure, à l'oreille et sous le nœud du corsage. Près de l'épaule droite est la signature : SICARDI. 1785. Des émaux blancs et des ors finement détaillés circonscrivent et divisent les fonds bleus émaillés.

105. — Tabatière, d'or, enrichie d'émail, de diamants, et de perles.
Orfévrerie étrangère, deuxième moitié du dix-huitième siècle.

Ovale. Long. 0,081. — Larg. 0,060. — Haut. 0,028.

Les fonds émaillés, de couleur aventurine, sont translucides sur gravures à pois. Sur le médaillon ovale, d'émail bleu, qui décore le couvercle, sont montés quinze diamants. Ce médaillon est encadré d'une ligne de diamants inscrite dans une ligne de perles. Autour du couvercle, entre deux filets d'émail blanc, un rang de perles plus petites; sur l'or ciselé des montants, formant cage, sont jetées quelques touches d'émail vert émeraude et quelques pointes d'opales.

106 — Bonbonnière, d'or, ornée de ciselures et d'émaux.
Orfévrerie de Paris, année 1776.

Circulaire. Diam. 0,073. Haut. 0,021.

Les fonds de nuance nankin sont mouchetés de taches couleur rubis contournés de noir; l'émail translucide y est appliqué sur un guilloché rayonnant et ondulé. Des filets blancs circonscrivent les champs. Sur les bordures sont posées des gouttes d'émail imitant des turquoises.

107. — Tabatière, d'or, revêtue d'émail.
Orfévrerie étrangère, fin du dix-huitième siècle.

Octogone. Long. 0.086. — Larg. 0,030. — Haut. 0,020.

Sur l'émail opaque bleu lavande se détachent de très-fines vignettes d'or. Les bordures en forme de cage sont ciselées et accompagnées de filets d'émail blanc. Un rang de perles fines entoure le couvercle.

108. — Tabatière, d'or émaillé ; enrichie de perles fines. Sur le couvercle, la peinture en émail représente une femme en costume de théâtre, assise et couronnée par une muse, dans un paysage allégorique où se voient le Parnasse et Pégase.
Travail de Genève, fin du dix-huitième siècle.

Circulaire. Diam. 0,070. — Haut. 0,020.

Les émaux qui revêtent la boîte sont bleu de roi et bleu clair translucides et blanc opaque disposé en losanges alternant avec des étoiles d'or. L'émail peint, ovale, est encadré d'un rang de perles fines.

109. — Tabatière, d'or, émaillée, sur le couvercle, miniature d'après Charles Coypel; encadrement de perles fines.
Les fonds d'émail bleu de roi translucide, laissent apercevoir sur le tour de la boîte, des festons, et en dessous une composition gravée, dont les motifs sont un pavillon rustique, un bateau sur des eaux, des arbustes, des herbes.
L'émaillerie est de Genève, fin du dix-huitième siècle.

Circulaire. Diam. 0,070. — Haut. 0,022.

La miniature d'après Coypel représente une jeune femme, assise, ayant sur son genou une guitare qui recouvre le bras droit et tenant dans la main gauche un papier de musique. Sur la tête, quelques plumes; autour du cou, une ruche. La robe décolletée est d'une étoffe mélangée de tons roux.

110. — Tabatière, d'or, émaillé, enrichie de perles fines. La peinture, qui occupe toute la surface du couvercle, conçue dans la manière d'Angelica Kaufmann, est signée H. ADAM 1798. Elle représente Vénus, la gorge découverte, s'appuyant sur une ancre, tandis qu'elle allaite un amour et regarde un autre amour retenant par un fil un oiseau qui s'envole.

Orfévrerie de Genève, fin du dix-huitième siècle.

Ovale. Long. 0,090. — Larg. 0,068. — Haut. 0,028.

L'émail bleu de roi translucide sur fond gravé et guilloché, est encadré de bordures d'émail blanc et d'or gravé. Quatre cassolettes sur les montants de la cage. La grande peinture du couvercle est entourée d'un rang de perles fines.

111. — Tabatière, d'or, ornée de ciselures. Les revêtements imitant le lapis sont d'émail; la peinture émaillée représentant un groupe de cavaliers qui combattent, a été exécutée à Genève, d'après une composition de Wouwerman. Les pierres qui enrichissent les quatre angles arrondis du couvercle et forment deux agrafes entre les feuillages, sont des diamants.

Orfévrerie de Genève, fin du dix-huitième siècle.

Rectangulaire. Long. 0,092. — Larg. 0,065. — Haut. 0,015.

Ce qui distingue cette boîte, c'est la nature de l'émail semblable aux imitations de lapis faites en verre par les Vénitiens; et aussi une ornementation qui consiste à réserver sur l'émail des feuillages et des rosaces, de deux tons d'or et finement gravés.

112. — Bonbonnière, d'or, revêtue d'émail. La petite peinture qui occupe le centre du couvercle, représente une lavandière debout près d'une fontaine.

Travail étranger, de la seconde moitié du dix-huitième siècle.

Circulaire. Diam. 0,056. — Haut. 0,020.

L'émail bleu de roi, translucide, est appliqué sur fonds guillochés à cercles concentriques. Les bordures ciselées sont rehaussées d'émaux blancs, verts et rubis. La peinture est fixée à la boîte par un cercle d'or repoussé.

113. — Tabatière, d'or, revêtue d'émail. La miniature que l'on voit sur le couvercle est une œuvre moderne, représentant le portrait d'une dame dans un
prétendu costume du temps de Louis XIV.

Orfévrerie de Paris. La cuvette de la boîte date des
années comprises entre 1768 et 1774; le couvercle date
de l'année 1778.

Ovale. Long. 0,070. — Larg. 0,054. — Haut. 0,027.

L'émail bleu translucide qui forme tous les champs est appliqué sur fonds guillochés. Les bordures et montants ciselés,
formant cage, sont rehaussés d'émaux verts, rouges, bleus et
bleu turquoise. Le portrait ovale, rapporté postérieurement
sur le couvercle, est encadré d'une bordure d'or ciselée en torsade et émaillée vert et blanc.

114. — Tabatière, d'or, revêtue d'émail; la minia
ture, œuvre moderne, qui orne le couvercle, est le por
trait d'une dame en costume du temps de Louis XIV.

Orfévrerie étrangère.

Ovale. Long. 0,068. — Larg. 0,051. — Haut. 0,022.

Les fonds d'émail translucide couleur hyacinthe sont montés
à cage en or ciselé. La dame, en buste, de trois-quarts à droite,
porte une robe bleue décolletée et une agrafe d'orfévrerie sur
l'épaule droite.

115. — Tabatière, d'or gravé et émaillé; sur le
couvercle, un émail peint, œuvre moderne, représente
le portrait d'une jeune femme du temps de Louis XIV.

Orfévrerie étrangère, de 1760 environ ; imitation des
poinçons français contemporains.

Ovale. Long. 0,080. — Larg. 0,060. — Haut. 0,033.

Les bordures du couvercle, du dessous de la boîte et des
parois latérales sont revêtues d'un émail rouge rubis, translucide, sur gravure de fleurs. Elles sont accompagnées de filets
d'émail blanc. Des palmiers ciselés forment les montants. La
jeune femme est peinte de trois-quarts à gauche, cheveux noirs,
robe rouge décolletée et collier de perles au cou. La peinture,
ovale, est encadrée d'un filet d'émail blanc.

IV.

Peintures montées sur boîtes.

116. — Tabatière, d'or de trois tons, ciselée sur les parois latérales. Les peintures qui occupent le dessus et le dessous de la boîte sont de Charlier, d'après Boucher. Le sujet de l'une est Ariane abandonnée ayant près d'elle un génie de Bacchus. Le sujet de l'autre est Léda effrayée par l'approche du cygne. Les motifs des ciselures sont des guirlandes, des coquilles, des feuillages et des fonds rayonnants.
Orfévrerie de Paris, année 1754.

Octogone. Long. 0,079. — Larg. 0,059. — Haut. 0,038.

On lit sur la gorge : DUCROLLAY, A PARIS.

117. — Tabatière, d'or, composée de six peintures montées en cage sous verre dans des bordures d'or ciselé. Les sujets sont : sur le couvercle, la Justice appuyée sur un médaillon à l'effigie de Louis XV accompagné de trois génies de la guerre ; sous la boîte : l'Astronomie ; sur les parois latérales, la Peinture, la Sculpture, un génie de la Musique et un génie de la Poésie.
On lit sur un cahier tenu par l'*Astronomie* dans la peinture qui forme le fond de la tabatière : *Picart fecit.*
Orfévrerie moderne de A. Leferre.

Rectangulaire. Long. 0,080. — Larg. 0,038. — Haut. 0,038.

118. — Tabatière, d'or, composée de dix peintures montées en cage, sous verre, dans des bordures ciselées. Elles représentent les amours de Jupiter. Sur le

couvercle, l'enlèvement d'Europe. Sur les parois latérales, Antiope, Semélé, Léda, Danaé. Sur le dessous de
la boîte, Calisto ; sur les montants, quatre trophées.
Orfévrerie de Vachette, année 1777.

Octogone. Long. 0,079. — Larg. 0,056. — Haut. 0,033.

On lit sur la tranche de la gorge : VACHETTE, A PARIS.
20 K (arats).

119. — Tabatière, d'or ciselé de trois tons, doublée
d'or.
  Cinq peintures montées en cage, sous verre, décorent
cinq parties de cette boîte. Conçues dans le goût d'Angelica Kauffmann, elles représentent des sujets allégo-
riques, un triomphe de l'Amour, et de jeunes femmes
servies ou lutinées par des génies amoureux. Le fond
de la boîte est d'or ciselé et guilloché.
  Orfévrerie moderne de Leferre.

Rectangulaire. Long. 0,083. — Larg. 0,032. — Haut. 0,032.

120. — Tabatière, d'or, ciselée, montures encadrant
une suite de six compositions peintes en miniature,
posées sous cristal, dont les sujets sont différents épisodes de la chasse à courre. Sur le couvercle, le départ,
près du perron d'un château ; sur le dessous de la
boîte, la poursuite d'un cerf ; sur la face antérieure,
un déjeuner dans la forêt ; sur la face opposée, les
chiens et chevaux au repos ; aux extrémités, deux
chiens faisant le bois, deux cavaliers et chiens au
lancé. Les peintures sont de la fin du dix-huitième
siècle, règne de Louis XVI.
  La monture est un travail moderne, de Leferre.

Octogone. Long. 0,078. — Larg. 0,042. — Haut. 0,027.

121. — Tabatière, d'or, montée en cage et composée
de six plaques peintes en grisaille sur fond noir dans

la manière de De Gault. Les sujets sont : sur le dessus, le triomphe de Cybèle; en dessous, le triomphe de Cérès; sur les parois latérales, des danses et des jeux en l'honneur de Cérès et de Pan.

Orfévrerie en partie de Vachette, année 1784.

Rectangulaire. Long. 0,083. — Larg. 0,038. — Haut. 0,026.

122. — Tabatière en cartonnage, doublée d'écaille, cerclée d'or.

Deux compositions peintes forment le dessus et le dessous de la boîte; toutes deux d'après F. Boucher : l'une a été gravée par Jean Ouvrier, sous le titre : « Les nymphes au bain, tirées du cabinet de M. de La Haye, fermier général du roy; » l'autre, par J. Daullé en 1758, avec cette lettre : « Vénus et les Grâces au bain. »

Orfévrerie française, de l'année 1783.

Circulaire. Diam. 0,075. — Haut. 0,025.

Le cartonnage est d'une couleur grise violacée. Les peintures, en miniature, sont sous verres.

123. — Tabatière, d'écaille, montée en or.

Le sujet de la miniature qui couvre toute la surface du couvercle est un sacrifice offert par des jeunes filles à l'Amour.

Orfévrerie française de l'an XI.

Circulaire. Diam. 0,080. — Haut. 0,018.

Devant l'Amour, debout sur un piédestal, s'appuyant de la main droite sur le Monde et tenant de la gauche un flambeau, une jeune fille est agenouillée et présente au jeune dieu des fleurs et une colombe. D'autres jeunes femmes s'associent à son offrande en suppliant à mains jointes, en jouant de la flûte et en brûlant des parfums. Un génie ailé vient allumer une torche au flambeau de l'Amour.

124. — Tabatière de vernis-Martin, imitant la laque rouge, montée et cerclée d'or ciselé, doublée d'écaille.

La peinture de Klingstedt, qui décore le couvercle, représente les personnages de la comédie italienne : près d'Isabelle, sont groupés Bartholo, Scapin, Angélique et un négrillon.

Ovale. Long. 0,090. — Larg. 0,066. — Haut. 0,034.

Ovale en longueur, la miniature est exécutée en grisaille ; les chairs sont légèrement colorées ainsi que les fleurs et le nœud qui ornent la chevelure d'Isabelle.

125. — Bonbonnière, de vernis-Martin, cerclée d'or, doublée d'écaille. La peinture est de Blarenberghe : elle représente une parade foraine ; la baraque est dressée sur le tréteau. Polichinelle, le chat et le commissaire, dépassent le châssis sur lequel pendent deux lapins, provisions du dîner ; Scapin pérore et Pierrot l'assiste ; un petit garçon soulève la portière. La compagnie est de distinction : La dame assise tient la main sur sa fille ; le chien tourne le dos à la scène, le valet de fantaisie s'appuye au dossier de la chaise ; un couple élégant se redresse à l'arrière. Les gamins du village avancent timidement la tête. C'est sur le terrain, à gauche, que sont écrits les mots : VAN BLARENBERGHE et la date : 1752.

Circulaire. Diam. 0,076. Haut. 0,023.

126. — Tabatière, d'écaille, montée en or ciselé. Les peintures sont de Blarenberghe ; compositions imaginaires, dans lesquelles sont confondus les costumes européens et orientaux.

Rectangulaire. Long. 0,080. — Larg. 0,059. — Haut. 0,042.

Les six peintures sont des marines : Sur le couvercle, bord de mer ; on y remarque un homme monté sur un chameau, deux turcs à cheval.
Sur les quatre côtés : transport de marchandises sur un ri-

vage ; pêche au filet, près d'un pavillon au balcon duquel sont assises deux dames et un arménien ; pêcheurs débarquant du poisson, d'autres raccommodant un filet ; barque de passage, avant l'embarquement.

Sur le dessous de la boîte, rivages et rochers ; un trois-mâts vers le fond.

Les peintures sont posées sous verre au milieu des parois d'écaille, dans des encadrements d'or ciselé de formes irrégulières.

127. — Tabatière d'écaille, montée en or et doublée d'or. La miniature, signée V. BLARENBERGHE, 1757, représente le cabinet (1) du duc de Choiseul, ministre des affaires étrangères du roi Louis XV. Les tableaux que le peintre a figurés sont connus par le catalogue intitulé « *Recueil d'estampes gravées d'après les tableaux du cabinet de M. le duc de Choiseul, par les soins du sieur Basan.* » Les principaux sont : à droite de la cheminée, *La Prière à l'Amour* (2), par Greuze. A gauche de la cheminée, *Le Baiser envoyé* (3), par Greuze. Panneau à gauche : *Jeune Femme grecque au bain* (4), par Vien. Aux côtés, paysage par Isaac Van Ostade (5), et un pendant de Wouwerman (6) ; au-dessous, entre deux tableaux de Pater le *Mai* et la *Bonne aventure* (7 et 8), est placé un Gérard Dow. Sur le rang inférieur, sont deux *Vues de Rome*, par Vernet, le *Château Saint-Ange* et le *Ponte rotto* (9 et 10).

Rectangulaire. Long. 0,084. — Larg. 0,063. — Haut. 0,025.

Monture moderne.

Au-dessus de la cheminée, l'on voit un médaillon du roi Louis XV. Le duc assis, devant une table et près du feu, reçoit des papiers des mains d'un secrétaire. Dans l'angle gauche, un valet de chambre place un habit sur un lit de repos, sur l'oreiller duquel sont posés les insignes des ordres du Saint-Esprit et de la Toison d'or.

128. — Bonbonnière d'écaille, montée en or et doublée d'or. La peinture est de Blarenberghe. Le poinçon

---

(1) Baron J. Pichon. — (2) N° 119 du recueil. — (3) N° 121. — (4) N° 113. — (5) N° 27. — (6) N° 72. — (7 et 8) N°s 115 et 114. — (9 et 10) N°s 106 et 107 du recueil de Basan et 631 et 632 de la *Notice des tableaux français du Louvre*, éd. de 1861.

de l'orfévrerie est de la période comprise entre l'an VI et l'an XI.

Circulaire. Diam. 0,062. — Haut. 0,018.

La composition peinte est une marine, occupant en entier le couvercle, sous verre et dans un cadre d'or moulu et ciselé : une société d'hommes et de dames en costumes élégants du temps de Louis XV, forment un groupe sur le rivage ; des embarcations et des navires s'aperçoivent à des plans divers ; à gauche, est la côte, et sur des rochers, s'élève un phare. Près du bord inférieur, on lit la signature : V. BLARENBERGHE et la date 1757.

129. — Tabatière d'écaille montée et doublée d'or. La peinture du couvercle, représentant une ville fortifiée entourée d'eaux et sur le rivage du premier plan de nombreux personnages, est de Van Blarenberghe, dont on lit au bas la signature :

VAN BLARENBERGHE, 1767.

Orfévrerie moderne.

Rectangulaire. Long. 0,088. — Larg. 0,063. — Haut. 0,023

130. — Tabatière d'écaille montée en or. La peinture du couvercle, dans la manière de Van Blarenberghe, a pour sujet une partie de campagne. On y remarque, dans un paysage embelli par des eaux, une ronde de villageois dansant devant de nobles personnages qui assistent aux ébats de leurs vassaux. Orfévrerie moderne de A. Leferre.

Rectangulaire. Long. 0,095. — Larg. 0,058. — Haut. 0,020.

131. — Bonbonnière d'écaille blonde, incrustée d'or de deux tons disposé en rubans ondulés. Sur le couvercle, peinture dans la manière de Blarenberghe ; c'est un paysage où l'on aperçoit un beffroi sur une colline, un fleuve, un moulin à vent, et une montagne très-élevée à l'horizon. Orfévrerie de l'époque Louis XVI.

Circulaire. Diam. 0,060. — Haut. 0,025.

132. — Tabatière d'écaille doublée d'or. Sur le couvercle, peinture, dans la manière de Van Blarenberghe, dont le sujet représente des joueurs de quilles devant un cabaret.
Orfévrerie moderne de A. Leferre.

Rectangulaire. Long. 0,088. — Larg. 0,048. — Haut. 0,023.

133. — Tabatière d'écaille montée d'or. Sur le couvercle, un paysage peint à l'huile montre le cours d'un fleuve, un clocher, des lavandières, des bateliers et un pêcheur.

Circulaire. Diam. 0,084. — Haut. 0,025.

134. — Tabatière d'écaille. La miniature du couvercle représente le réfectoire d'un couvent de Franciscains pendant le repas de la communauté.
Travail moderne.

Circulaire. Diam. 0,084. — Haut. 0,025.

135. — Tabatière de vermeil enrichie de pierres du Rhin.
La peinture sous verre qui décore le couvercle représente une danse villageoise, au premier plan d'un paysage, près d'un cours d'eau. Le dessous est occupé par un autre paysage dans lequel on remarque des paysans conduisant un troupeau, un homme et une femme près d'un fleuve, une barque sur les eaux et au loin des fabriques.
Orfévrerie moderne et étrangère.

Circulaire. Diam. 0,083. — Haut. 0,028.

La peinture du couvercle et celle du dessous de la boîte sont entourées d'un cercle de pierres du Rhin imitant le grenat. La paroi circulaire est formée par trois cercles de pierres semblables mais plus petites et par deux cercles d'émail vert foncé.

136. — Tabatière en vermeil enrichie de pierres du Rhin.

La peinture sous verre du couvercle représente une kermesse. Au-dessous de la boîte on remarque un paysage animé par des fabriques et quelques figures parmi lesquelles un pêcheur à la ligne au premier plan.

Orfévrerie moderne et étrangère.

Circulaire. Diam. 0,082. — Haut. 0,028.

La peinture du couvercle et celle du dessous de la boîte sont entourées d'un cercle de pierres blanches du Rhin. La paroi circulaire est formée par trois cercles de pierres semblables mais plus petites et par deux cercles d'émail bleu.

137. — Tabatière d'écaille montée en or. L'émail peint du couvercle, monté dans un cadre d'or ciselé, est la copie de l'*Accordée de village*, de Greuze; il est signé : Mlle DUPLESSIS.

Orfévrerie moderne.

Rectangulaire. Long. 0,080. — Larg. 0,058. — Haut. 0,022.

138. — Tabatière d'écaille montée en or. L'émail peint représente un déjeuner champêtre imité des compositions de Pater.

Monture de A. Leferre.

Rectangulaire. Long. 0,081. — Larg. 0,059. — Haut. 0,020.

139. — Bonbonnière d'écaille blonde.

La peinture, représentant une dame en costume de la fin du règne de Louis XVI, est de Vestier, qui a signé ainsi, en bas, à droite : VESTIER, 1787.

Circulaire. Diam. 0,080. — Haut. 0,024.

La personne dont l'artiste nous a laissé la physionomie, assise dans un jardin, tournée de trois quarts à droite, joue de la guitare. La chevelure blonde légèrement poudrée est contenue par un ruban bleu. La robe bleue, triangulairement décolletée, est enrichie de dentelles blanches au bout des manches et sur la poitrine. La miniature ronde est encadrée dans une bordure d'or ciselé.

140. — Tabatière d'écaille. La peinture, représentant une corbeille de fleurs, est de Van Daël, dont la signature se lit sur la tablette à gauche.

Circulaire. Diam. 0,090. — Haut. 0,022.

141. — Tabatière d'or ciselé; monture en cage renfermant deux grands sujets mythologiques. Sur le couvercle, Jupiter, Junon et Ganimède. Sur le dessous, un guerrier fait un serment devant une statue de Minerve, aux pieds de laquelle une femme en pleurs est agenouillée. Sur les parois, les quatre saisons. Ces peintures, simulant des camées antiques sur fonds de cornaline rouge, sont signés : « PARANT » dessus et dessous.
Travail du commencement du dix-neuvième siècle.

Circulaire. Diam. 0,083. — Haut. 0,022.

Cette tabatière provient de la vente Jacquinot-Godard. N° 15 du *catalogue* de cette collection.

142. — Tabatière d'écaille doublée d'or. La grande miniature du couvercle représente Flore et un génie du printemps.
Orfévrerie moderne de Vachette.

Rectangulaire. Long. 0,085. — Larg. 0,064. — Haut. 0,024.

La peinture, représentant une jeune femme, le sein droit découvert, ayant des fleurs dans les cheveux, est encadrée dans une bordure d'or ciselé, extérieurement rectangulaire et intérieurement à pans coupés. Cette bordure est accompagnée de filets d'émail bleu.

143. — Tabatière d'écaille à charnière et bec d'or. Sur le couvercle, grande miniature représentant l'aigle de Jupiter et Hébé.
Travail du commencement du dix-neuvième siècle.

Rectangulaire. Long. 0,088. — Larg. 0,068. — Haut. 0,024.

L'encadrement de la miniature est d'or ciselé avec filet d'émail bleu.

144. — Tabatière d'écaille doublée d'or. Sur le couvercle, la tête de la Vénus de Médicis, peinte en imitation d'un camée par Parant, dont on lit en bas la signature.
Travail du commencement du dix-neuvième siècle.

Rectangulaire. Long. 0,096. — Larg. 0,058. — Haut. 0,020.

La miniature ovale est contenue dans un cadre d'or ciselé.

145. — Tabatière d'écaille montée en or. La peinture sur émail qui décore le couvercle représente une nymphe plongée à mi-corps dans l'eau d'un lac.
Travail moderne.

Circulaire. Diam. 0,074. — Haut. 0,020.

146. — Tabatière d'écaille montée en or. Le portrait, peint en émail, est allégorique : le manteau bleu est semé des fleurs de lis de France, et les fleurs du printemps s'échappent des mains de la déesse.
Travail moderne.

Circulaire. Diam. 0,086. — Haut. 0,028.

147. — Tabatière d'écaille. Le groupe de la Vierge et de l'Enfant-Jésus qui est peint sur le couvercle, est

la copie d'un fragment du tableau de Raphaël connu
sous le nom de *la Vierge de Foigno*.
Travail moderne.

Circulaire. Diam. 0,092. — Haut. 0,022.

148. — Bonbonnière, d'écaille blonde. La miniature,
représentant une jeune fille, est peinte d'après Greuze.

Circulaire. Diam. 0,073. — Haut. 0,023.

La jeune fille, en costume villageois, vue en buste, est assise
sur une chaise de bois. Son bonnet blanc est orné d'un ruban
rose. C'est une copie du tableau de Greuze, gravé par Hauer
sous ce titre : *La petite sœur*. La miniature est sertie par
un cercle d'or, et le couvercle de la boite est incrusté de deux
filets d'or concentriques en torsade.

149. — Bonbonnière, d'écaille blonde. La miniature,
qui décore le couvercle, est peinte d'après Greuze.

Circulaire. Diam. 0,081. — Haut. 0,024.

Une jeune fille aux yeux bleus, à la chevelure blonde traversée d'un ruban rouge, vêtue d'une simple chemise et une
gaze noire jetée sur les épaules écoute à une porte l'oreille ap-
pliquée contre le trou de la serrure. La miniature est sertie
par un cercle d'or à moulures.

150. — Bonbonnière, d'écaille blonde. Sur le couvercle, une jeune fille, peinte dans le goût de Greuze,
et coiffée comme on l'était à la fin du règne de
Louis XVI.

Circulaire. Diam. 0,074. — Haut. 0,021.

La jeune fille, tournée à gauche, a un ruban bleu dans la
chevelure qui est légèrement poudrée. Son corsage, orné d'une
rose, s'entrouvre et laisse voir le sein droit. Un fichu de
mousseline est négligemment noué autour du cou. La miniature
est encadrée d'un cercle d'or ciselé.

151. — Tabatière d'écaille, doublée d'or, et à bec-d'or. La peinture de l'école flamande, qui décore le couvercle, est le portrait d'une femme âgée en costume du commencement du dix-septième siècle.

Orfévrerie du commencement du dix-neuvième siècle.

Rectangulaire. Long. 0,079. — Larg. 0,057. — Haut. 0,019.

La robe de la femme est noire ; la collerette à gros tuyaux et la coiffe sont blanches. Autour de la miniature ovale, une bordure d'or ciselé.

152. — Tabatière, d'écaille montée et doublée d'or. Sur le couvercle, grande peinture en émail, représentant le Christ, d'après Philippe de Champagne.

Orfévrerie de A. Vachette, commencement du dix-neuvième siècle.

Rectangulaire. Long. 0,078. — Larg. 0,063. — Haut. 0,024.

Le Christ de face et en buste, la chevelure et la barbe blonde, est vêtu d'une tunique rouge et d'un manteau bleu. L'émail ovale est placé sous verre dans un encadrement rectangulaire d'or ciselé émaillé d'un filet bleu.

153. — Tabatière d'écaille, montée d'or et à bec d'or. La peinture en émail, qui décore le dessus de cette boîte, est un portrait de Louis XIV.

Orfévrerie française, au poinçon de l'an XI.

Rectangulaire. Long. 0,083. — Larg. 0,050. — Haut. 0,022.

Le roi en buste de trois quarts à droite a la tête couverte d'une ample perruque. Il porte, sur une cuirasse dorée, le cordon du Saint-Esprit et un rabat de dentelles blanches. L'émail ovale est encadré sous verre dans une bordure d'or moulu rattachée au couvercle par un filet d'émail bleu.

154. — Tabatière d'écaille, doublée d'or. Le portrait en émail, qui orne le couvercle, est celui de Marie Thérèse, femme du roi Louis XIV.

Orfévrerie de Vachette, Paris, de l'an VI à l'an XI.

Rectangulaire. Long. 0,082. — Larg. 0,038. — Haut. 0,022.

La reine est en buste, de trois quarts à gauche, elle porte un manteau fleurdelisé jeté sur l'épaule gauche.

L'émail, de forme ovale et sous verre, est enfermé dans un encadrement d'or ciselé cantonné de quatre petits fleurons imitant des fleurs de lis. Le tout est fixé sur la boîte par des filets d'émail bleu.

155. — Tabatière d'écaille, montée et doublée d'or. L'émail peint, par Petitot, qui décore le couvercle de la boîte, est le portrait de Mlle de Montpensier (Anne-Marie-Louise d'Orléans), fille de Gaston.
Orfévrerie moderne.

Rectangulaire. Long. 0,086. — Larg. 0,046. — Haut, 0,022.

La cousine de Louis XIV est représentée en buste de trois-quarts à droite. Elle porte une robe garnie en haut d'un galon d'orfévrerie, des perles aux oreilles et autour du nœud de sa coiffure. L'émail ovale est monté sous verre dans un cadre rectangulaire d'or émaillé de bleu et serti sur la boîte par un filet d'or gravé émaillé aussi de bleu.

156. — Tabatière d'écaille, montée et doublée d'or, à bec d'or. Sur le couvercle, l'émail peint par Petitot, est le portrait du grand Dauphin, fils de Louis XIV. C'est la répétition du n° 1446 de la *Notice des émaux du Louvre*, édit. de 1869.
Orfévrerie moderne.

Rectangulaire. Long. 0,080. — Larg. 0,047. — Haut. 0,021.

Le fils de Louis XIV tourné de trois quarts à droite, coiffé d'une ample perruque blonde, porte sur une cuirasse, le cordon du Saint-Esprit, un ruban rouge au cou et un rabat blanc de dentelles. Le portrait ovale est encadré d'une bordure d'or ciselé, entourée de deux filets concentriques d'émail, l'un vert, l'autre bleu.

157. — Tabatière, d'écaille. La peinture en émail, qui décore le dessus de la boîte, représente Mlle de La Vallière. Elle est exécutée d'après les portraits gravés et sur un type convenu.

Travail moderne.

Circulaire. Diam. 0,078. — Haut. 0,023.

De trois quarts à droite, la jeune femme porte une robe jaune décolletée, des boucles d'oreilles et un collier de perles. L'émail ovale est enfermé sous verre dans un cadre d'or ciselé, de forme carrée et serti sur la boîte par un filet d'or émaillé de bleu.

158. — Tabatière d'écaille. Sur le couvercle, est un émail de Petitot, portrait de Charlotte-Marie de Daillon du Lude, duchesse de Roquelaure.

Orfévrerie moderne.

Circulaire. Diam. 0,075. — Haut. 0,023.

La jeune femme à la chevelure blonde et aux yeux bleus est représentée de trois quarts à gauche. Elle porte une robe gris-jaune décolletée, un collier de perles, des boucles d'oreilles de saphir. L'émail ovale est monté sous verre dans un cadre d'or ciselé, serti sur la boîte par un filet d'or émaillé de bleu. Cf. le n° 1491 de la *Notice des Émaux du Louvre.*

159. — Tabatière, d'écaille, montée en or. Sur le couvercle, portrait en émail, d'une dame en costume du temps de Louis XIV.

Orfévrerie moderne.

Rectangulaire. Long. 0,086. — Larg. 0,046. — Haut. 0,022.

La personne représentée en buste a les yeux bleus et la chevelure blonde. Elle porte une robe bleue brochée d'or et d'argent, décolletée et des perles fines aux oreilles.

L'émail ovale, est encadré d'une bordure d'or et serti sur la boîte par un filet d'émail bleu. Un autre filet d'émail bleu rectangulaire orne les bords du couvercle.

160. — Tabatière, d'écaille, doublée d'or. Sur le couvercle, portrait d'un personnage étranger de la fin du dix-septième siècle, peint en émail.
Monture moderne.

Rectangulaire. Long. 0,075. — Larg. 0,046. — Haut. 0,015.

En buste de trois quarts à gauche, le personnage représenté porte une ample perruque blonde, une cuirasse d'acier bruni au haut de laquelle apparaît une collerette de dentelle blanche. L'émail ovale est enfermé sous verre dans un cadre octogone d'or surmonté d'un nœud de rubans.

161. — Tabatière, d'écaille, incrustée d'un filet d'or, dessinant des arabesques. Sur le couvercle, portrait d'homme, en costume civil du temps de la Régence.

Rectangulaire. Long. 0,068. — Larg. 0,043. — Haut. 0,018.

Le personnage représenté en buste, de trois quarts à droite, porte une perruque poudrée, un habit marron et, près du col, rattachant la chemise, un ruban rose. La miniature est sertie par une bordure ovale d'or.

162. — Tabatière, d'écaille, à charnière d'or. Le portrait que l'on voit sur le couvercle, est celui de Frédéric II, roi de Prusse.
Orfévrerie moderne.

Octogone. Long. 0,085. — Larg. 0,043. — Haut. 0,023.

Frédéric, en buste de trois quarts à gauche, porte un uniforme bleu, à collet et revers rouges, et la plaque de son ordre. La miniature est entourée d'une bordure d'or de deux tons.

163. — Tabatière. La boîte est un cartonnage doublé d'écaille; les cercles sont d'or; la miniature placée sous verre au milieu du couvercle, est une copie moderne d'un portrait de Marie-Thérèse, femme du roi Louis XIV.

Travail de la seconde moitié du dix-huitième siècle.

Circulaire. Diam. 0,078. — Haut. 0,032.

Les fonds en cartonnage sont rubanés, de deux couleurs, jaune d'or et bleu céleste. La reine, dans un cadre ovale, est peinte presque de face, les cheveux abondants sont bouclés ; un rang de perles entoure le col et une agrafe rassemble sur la poitrine les plis d'une draperie d'un jaune pâle.

164. — Tabatière. La boîte doublée d'écaille, est une incrustation de filets d'or et de pâtes d'émail. Les montures ciselées sont d'or. La dame dont le portrait en miniature orne le couvercle, a l'un des costumes qui urent à la mode, au milieu du règne de Louis XV.
Travail français, de la seconde moitié du dix-huitième siècle.

Ovale. Long. 0,086. — Larg. 0,063. — Haut. 0,034.

Les fonds incrustés sont rubanés or et vert. Le portrait est celui d'une femme fort jolie ; ses cheveux sont poudrés ; quelques fleurettes sur le haut de la tête accompagnent une dentelle et un bouquet de fleurs est placé au corsage.

165. — Tabatière d'écaille, revêtue à l'extérieur de burgau incrusté, formant une fine mosaïque, montée et décorée d'or ciselé et découpé. Le portrait, qui est au centre du couvercle, représente une dame dans le costume du milieu du règne de Louis XV.
Orfèvrerie du milieu du dix-huitième siècle.

Circulaire. Diam. 0,078. — Haut. 0,032.

Les couleurs chatoyantes qui dominent dans la mosaïque de burgau sont le vert et le rose rubis. La dame représentée en buste, presque de face, la tête légèrement tournée à droite, porte une coiffure poudrée, quelques fleurs sur le haut du front, un collier de perles, une robe grise décolletée carrément sur la poitrine et ornée d'un gros nœud de rubans rouges.

166. — Tabatière en vernis Martin, doublée d'écaille, montée en or ciselé. Le portrait de dame, en costume de fantaisie, ayant un masque à la main, que l'on voit sur le couvercle, est une imitation libre d'un pastel de Charles Coypel, gravé par L. Surugue, en 1740, sous le titre : « *Mme de *** en habit de bal.* »
Travail français, de l'année 1771.

Ovale. Long. 0,069. — Larg. 0,052. — Haut. 0,032.

Le vernis de la boite imite une pierre marbrée, d'apparence satinée, dont la couleur est mêlée de gris et de tons fauves. La peinture très-gouachée est recouverte d'une glace. Le fond est un paysage.

167. — Tabatière, de vernis, doublée d'écaille, cerclée d'or. Sur le couvercle, portrait d'une dame en costume du temps de Louis XVI.
Travail de la fin du dix-huitième siècle.

Circulaire. Diam. 0,075. — Haut. 0,032.

Le vernis est couleur d'ambre, de nuance foncée. Le costume de la dame peinte en miniature, ovale sous verre, est une robe rose ouverte sur la poitrine; la chevelure, à racines droites, est très-élevée et supporte, sur le faîte, un bonnet de dentelles.

168. — Tabatière d'écaille blonde, cerclée d'or ciselé. La miniature est un portrait de la comtesse du Barry.
Montures modernes.

Circulaire. Diam. 0,066. — Haut. 0,020.

La disposition des cheveux est celle que l'on connaît par le portrait de Drouais. La robe ouverte sur la poitrine et le chapeau posé en arrière de la tête sont de couleur bleu tendre et chargés de dentelles.

169. — Tabatière d'écaille, doublée d'or. Sur le couvercle, portrait d'une dame, en costume du commencement du règne de Louis XVI.
Travail moderne.

Rectangulaire. Long. 0,076. — Larg. 0,048. — Haut. 0,015.

La miniature ovale encadrée d'une bordure d'or ciselé ne montre que le buste de la personne représentée. Le costume imite celui qui fut à la mode vers 1774. Le corsage de la robe est décolleté. Un large ruban bleu est attaché sur l'épaule droite; un voile blanc tombe sur l'épaule gauche

170. — Bonbonnière d'écaille blonde, incrustée de rosaces et de points d'or, et montée d'or. La miniature que l'on voit sur le couvercle de cette boîte, est le portrait d'une jeune femme de l'époque de Louis XVI.
Orfévrerie de Paris, année 1778.

Circulaire. Diam. 0,060. — Haut. 0,028.

La jeune femme aux yeux bleus, de face et légèrement tournée vers la droite, est représentée en buste sur un fond de ciel. La chevelure blonde, sans poudre et en désordre, est traversée par un ruban rose. Le corsage ouvert laisse voir les deux seins et le haut du bras droit.

171. — Tabatière (couvercle d'une), d'écaille. Portrait en miniature d'une femme inconnue.
Fin du dix-huitième siècle.

Circulaire. Diam. 0,064.

La dame, à demi-nue, rassemble de là main gauche les plis d'une étoffe transparente; des rubans bleus sont placés dans la chevelure blonde.

172. — Tabatière d'écaille. Le portrait de femme qui couvre presque tout le couvercle de cette boîte, est signé : Augustin, et daté de 1791.

Circulaire. Diam. 0,075. — Haut. 0,020.

La personne, représentée en buste, est assise sur un fauteuil vert. Sa robe violette et sa chemise dénouée découvrent en tombant le cou et les deux seins. La coiffure légèrement poudrée est retenue par un ruban violet. Autour de la miniature un cercle d'or ciselé.

173. — Tabatière d'écaille, à charnière et bec d'or ciselé. La peinture fixée au couvercle par un cercle d'or, représente une dame en costume du temps de Louis XVI.
Orfévrerie moderne, de A. Leferre.

Ovale. Long. 0,089. — Larg. 0,066. — Haut. 0,032.

La personne représentée dans la miniature, accoudée sur un sopha rouge, porte une robe bleue décolletée carrément sur la poitrine, et ornée sur le devant d'un nœud rose. La chevelure poudrée est surmontée de trois plumes, deux blanches et une noire.

174. — Bonbonnière d'écaille blonde, incrustée d'étoiles en or, montée d'or repoussé. La miniature qui décore le couvercle de cette boîte est le portrait d'une dame en costume du règne de Louis XVI.
Bijouterie de la fin du dix-huitième siècle.

Circulaire. Diam. 0,073. — Haut. 0,024.

La dame est représentée à mi-corps, assise sur un fauteuil bleu, tenant un médaillon de la main gauche. La chevelure poudrée est surmontée d'un nœud rose et de dentelles blanches. Le corsage rose est bordé de fourrure.

175. — Tabatière d'écaille, montée d'or. La miniature représente une dame de la fin du dix-huitième siècle, dans le costume et avec les attributs d'une Vestale. Elle est signée, à gauche, HALL.

Orfévrerie marquée du poinçon de l'an IV.

Circulaire. Diam. 0,085. — Haut. 0,018.

Dans le vestibule d'un temple, un autel allumé derrière elle, la jeune prêtresse est représentée à mi-corps. Sa chevelure noire et sans poudre est couronnée de fleurs. La peinture est entourée d'une double bordure d'or ciselé.

176. — Tabatière d'écaille. Sur le couvercle, grande miniature, portrait de femme, signé : HALL.

Orfévrerie moderne.

Circulaire. Diam. 0,093. — Haut. 0,026.

La personne représentée à mi-corps sur un fond de paysage, porte un corsage rouge très-ouvert. Un bouquet de roses y est attaché. C'est un costume de fantaisie de la fin du dix-huitième siècle. Peinture entourée d'un cadre d'or ciselé.

177.— Tabatière d'écaille. La miniature représente le portrait d'une dame en costume du temps de Louis XVI, et est signée : HALL.

Circulaire. Diam. 0,079. — Haut. 0,028.

La jeune femme représentée à mi-corps sur un fond d'arbustes fleuris est coiffée à la mode de 1780. Un ruban vert contient sa bouffante chevelure légèrement poudrée et ornée à gauche de trois roses. Une ceinture à boucle, couleur lilas, fixe au côté gauche un bouquet de roses.

La peinture est entourée d'une bordure d'or décorée d'un grènetis entre deux cercles de petites perles.

178. — Tabatière d'écaille, incrustée d'un filet d'or dessinant des arabesques. La miniature fixée sur le couvercle, est le portrait d'une dame en costume de la fin du règne de Louis XVI.

Rectangulaire. Long. 0,068. — Larg. 0,043. — Haut. 0,015.

La personne, représentée de face et en buste, a les yeux bleus, la chevelure légèrement poudrée, elle porte une robe blanche un peu décolletée en rond sur la poitrine et bordée d'un galon d'or. La miniature est sertie sur la boîte par une bordure de vermeil octogone.

179. — Tabatière d'écaille, montée en or. La peinture représente deux jeunes filles, en costume du règne de Louis XVI, assises près d'un clavecin dont la moins âgée touche le clavier. Sur le clavecin on lit la signature Sicardi.

Orfévrerie de Paris, année 1785 environ.

Circulaire. Diam. 0,084 — Haut. 0,022.

Les deux jeunes filles, vêtues de corsages bleus décolletés, sont coiffées à la mode de 1780. L'aînée porte un chapeau chargé de fleurs bleues en grappes et un bouquet de roses sur la poitrine. Un ruban bleu soutient la coiffure de la plus jeune et un fichu de mousseline blanche est négligemment noué autour de ses épaules. La miniature est encadrée d'une double bordure d'or, la première ciselée, l'autre ornée d'un grènetis.

180. — Tabatière d'écaille, doublée d'or et à bec d'or. La peinture en émail est le portrait du roi Louis XVI, portant les insignes des ordres du Saint-Esprit, de la Toison-d'Or et de Saint-Louis.

Travail moderne.

Octogone. Long. 0,082. — Larg. 0,056. — Haut. 0,022.

Le couvercle encadré par un filet d'émail noir est d'or ciselé. Les ornements qui le couvrent sont des palmes et des tiges de lis. Le portrait, contenu dans une bordure ovale autour de laquelle on lit cette légende : « S'il avait sçu punir, il règnerait encore, 1801, » est cantonné de quatre fleurs de lis émaillées en bleu. Le roi, en buste, de trois-quarts à gauche, a l'habit rouge brodé d'or, la cravate et le jabot blancs, le manteau violet fleurdelisé sur l'épaule droite.

181. — Tabatière d'écaille, cerclée d'or. La miniature est un portrait présumé de Madame Élisabeth de France, sœur du roi Louis XVI, signé AUGUSTIN, 1787.

Circulaire. Diam. 0,080. — Haut. 0,038.

La jeune princesse est représentée debout, tenant dans ses mains une colombe et l'approchant d'un autel sur lequel brille une flamme. La robe blanche rappelle le costume d'une vestale et un voile est jeté sur des cheveux poudrés qui sont disposés suivant la mode de la fin du dix-huitième siècle.

182. — Tabatière d'écaille. Sur le couvercle, portrait du comte de Provence, qui fut le roi Louis XVIII. Il porte les insignes ou les cordons de la Toison-d'Or, du Saint-Esprit et des ordres de Saint-Louis. Monture du dix-neuvième siècle.

Circulaire. Diam. 0,089. — Haut. 0,022.

Le prince, représenté en pied, de trois quarts à droite, est assis sur un fauteuil richement sculpté et couvert d'étoffe rouge. Il porte un habit bleu à pois d'or, des épaulettes d'argent, un gilet blanc broché d'or et chargé de broderies. Devant lui est posée une table sur laquelle ont voit un encrier, des papiers, des livres et une sphère.

183.— Tabatière d'écaille, montée en or et enrichie de cailloux du Rhin. La miniature sur ivoire, qui décore le couvercle est un portrait de la reine Marie-Antoinette. Orfévrerie moderne.

Circulaire. Diam. 0,088. — Haut. 0,020.

La reine, en buste, de trois quarts à droite, est représentée sur un fond de paysage. Elle porte un voile blanc semé de pois d'or sur une coiffure légèrement poudrée, et une robe mi-partie blanche et violette, galonnée d'or autour du cou, de la taille et des bras.

184. — Tabatière d'écaille (couvercle de). La miniature qui le décore est le portrait de Joseph II, empereur d'Autriche.

Circulaire. Diam. 0,072.

Le jeune prince est représenté à mi-corps, de trois quarts à droite. Il porte les insignes de la Toison d'or et en sautoir le grand cordon d'un autre ordre sur un habit blanc galonné de couleur orange. La miniature est entourée d'un cercle de perles fines serties d'or.

185. — Tabatière d'écaille, sans monture. La peinture qui couvre toute la surface du couvercle est le portrait de Louise-Marie-Adélaïde de Bourbon, duchesse d'Orléans, femme de Philippe-Égalité, d'après le tableau de madame Lebrun, qui est conservé à Versailles, sous le numéro 3,912 du catalogue de ce Musée (éd. de 1861).
Monture moderne.

Circulaire. Diam. 0,081. — Haut. 0,019.

La miniature est sertie par un cercle d'or émaillé d'un large filet bleu-lavande.

186. — Tabatière d'écaille. La miniature, de forme ovale, qui a été rapportée sur la boîte, œuvre du peintre Dumont, est le portrait de madame Salentin, dame d'atours de la reine Marie-Antoinette.
Fin du dix-huitième siècle.

Circulaire. Diam. 0,085. — Haut. 0,021.

La chevelure, d'un brun clair, très-abondante et frisée, est traversée par une étoffe blanche rayée de bleu; le manteau est d'un bleu violacé. On lit, près de l'épaule gauche : Dumont, 2 août 1786.

187. — Tabatière d'écaille, montée en or et doublée d'or. Les portraits, accolés sur le couvercle de la boîte, sont peints en émail, par Soiron, qui les a tous deux signés ainsi : J^{n}-F^{cs} SOIRON *pint*. Ils représentent l'empereur Napoléon, en costume de général, et l'impératrice Joséphine, en grande toilette de cour.
Orfévrerie de Paris, dix-neuvième siècle.

Rectangulaire. Long. 0,094. — Larg. 0,070. — Haut. 0,025.

Napoléon, tête nue, en buste, porte le grand cordon, la plaque et la croix d'officier de la Légion d'honneur. Joséphine, la tête chargée d'un diadème, porte une robe blanche brochée d'or, et sur les épaules un manteau doublé d'hermine. Les deux émaux, de forme ovale, sont enfermés dans un double cadre d'or ciselé.

188. — Tabatière d'écaille, montée en or et doublée d'or. La miniature, signée à gauche : AUGUSTIN, est le portrait de l'empereur Napoléon, dans le costume du couronnement.
Orfévrerie du dix-neuvième siècle.

Circulaire. Diam. 0,083. — Haut. 0,017.

Napoléon, de face, dans un ovale, porte sur la tête une couronne de feuilles de laurier en or. Sur le grand manteau d'hermine est suspendu le collier de la Légion d'honneur.

189. — Tabatière d'écaille, doublée d'or. Le portrait que l'on voit sur le couvercle est celui de Napoléon Ier, en uniforme des chasseurs de la garde. Il est peint par Augustin, qui a signé à gauche. Ce portrait et l'encadrement d'or ciselé et d'émail bleu qui l'entoure, a été rapporté sur une boîte plus ancienne, datant de 1784.
Orfévrerie de Paris, de 1784, pour l'intérieur de la boîte, et du dix-neuvième siècle pour le reste.

Circulaire. Diam. 0,073. — Haut. 0,019.

Napoléon, en buste, de trois quarts à droite, dans un ovale allongé, porte les épaulettes de colonel, le grand cordon, la plaque et la croix d'officier de la Légion d'honneur.

4

190. — Tabatière d'écaille. La miniature, signée à droite: SAINT, que l'on voit sur le couvercle, est le portrait du roi Louis-Philippe en costume de général. On remarque sur sa poitrine le grand cordon de la Légion d'honneur. Le peintre y a ajouté la croix de Saint-Louis (ordre alors supprimé) et une plaque de fantaisie.
Travail moderne.

Circulaire. Diam. 0,074. — Haut. 0,023.

Le roi Louis-Philippe, de face, légèrement tourné à gauche, dans une bordure ovale d'or ciselé, est représenté en buste. Un cadre d'or rectangulaire et émaillé d'un filet bleu rattache la peinture et l'orfévrerie au couvercle.

191. — Tabatière en racine de buis doublée d'écaille. La miniature du couvercle, encadrée d'une bordure d'or à huit pans, est le portrait de Mme Lenoir, mère de M. Philippe Lenoir, donateur de la collection.
Travail du commencement du dix-neuvième siècle.

Circulaire. Diam. 0,095. — Haut. 0,017.

192. — Tabatière d'ivoire. Les portraits des deux enfants (fille et garçon), en costume de la fin du dix-huitième siècle, qu'on voit sur le couvercle, et ceux des deux petites filles qui se trouvent sous la boîte, représentent quatre membres de la famille Jousserand, à laquelle appartenait Mme Philippe. Lenoir,
Travail de la fin du dix-huitième siècle.

Circulaire. Diam. 0,069. — Haut. 0,021.

193. — Tabatière d'écaille doublée d'or. Le portrait qui orne le couvercle, peint par Lagrenée, est celui de Mme Philippe Lenoir, légatrice de la collection.
Orfévrerie de Vachette.

Circulaire. Diam. 0,092. — Haut. 0,022.

Madame Ph. Lenoir est peinte à mi-corps dans un encadrement d'or ciselé cerclé d'un filet d'émail bleu. Les cheveux sont frisés sur le front; la robe est rouge et décolletée; le costume est celui qu'on portait dans les premières années de la Restauration. On lit à gauche, vers le bas de la miniature, la signature : LAGRENÉE, et sur la gorge de la boîte : *Va-chette, bijoutier à Paris*. 20 K. (Karats) 5/32.

194. — Tabatière d'écaille montée en or. Sur le couvercle, un cavalier en habit rouge, monté sur un cheval blanc, franchit une rivière au milieu d'une forêt. Sur le dessous de la boîte, un chien noir marqué de feux est assis au milieu d'une campagne. On lit au bas de cette peinture, exécutée à l'huile : H. V. (Horace Vernet) 1811.
Monture du dix-neuvième siècle.

Circulaire. Diam. 0,092. — Haut. 0,022.

V.

Compositions diverses.

195. — Tabatière de vernis-Martin, doublée d'écaille. Les deux compositions, peintes sur fond d'or, sont empruntées à l'œuvre de Lancret; elles ont été gravées par N. de Larmessin, sous les titres de *l'Après-Dinée* et *le Matin*.
Le sujet de l'une est une partie de trictrac entre une dame et un jeune homme; celui de l'autre, un déjeûner sur une très-petite table: les convives sont une dame et un jeune abbé; la servante sourit.
Fabrication française du dix-huitième siècle.

Circulaire. Diam. 0,090. — Haut. 0,035.

196. — Tabatière, formée par six plaques de vernis-Martin, montées à cage, en or; doublée d'or. Les sujets des six peintures, sur fond rouge treillagé d'or, sont des scènes galantes, d'après ou dans le goût de Watteau. Sur le couvercle, une danse.

Orfévrerie moderne.

Rectangulaire. Long. 0,078. — Larg. 0,059. — Haut. 0,037.

197. — Tabatière, formée de six plaques de vernis peint, imitant le vernis-Martin, montées à cage, en or ciselé; doublée d'or. Le sujet des six peintures sont des scènes galantes. Sur le couvercle, un déjeûner champêtre.

Travail moderne.

Rectangulaire. Long. 0,086. — Larg. 0,052. — Haut. 0,042.

198. — Tabatière, composée de six plaques de vernis-Martin, à l'imitation d'un travail japonais; les incrustations sont de nacre et de burgau. La monture en cage est d'or ciselé. La boîte est doublée d'or.

Les plaques sont du dix-huitième siècle. La monture moderne est de Leferre.

Rectangulaire. Long. 0,072. — Larg. 0,054. — Haut. 0,035.

Les fonds des six plaques sont d'une couleur verte foncée, avec des ors en relief et des figures et fleurs de nacre et burgau, superposées.

Sur le couvercle, une habitation chinoise entourée de terrasses et d'arbres. Sur les cinq autres plaques, fleurs et feuillages, rochers et terrains formant des groupes irrégulièrement posés.

199. — Tabatière de porcelaine de Saxe, à cuvette montée en cuivre doré. Les six faces extérieures de la boîte sont peintes de sujets de chasse ou de sujets pas-

toraux. A l'intérieur du couvercle, peinture d'après
Lancret, *le Midi*, représentant cinq femmes au bain.
Travail allemand, du milieu du dix-huitième siècle.

Rectangulaire. Long. 0,078. — Larg. 0,056. — Haut. 0,037

200. — Tabatière de porcelaine de Saxe, fond blanc,
montée en cuivre doré. Sur les six faces de la boîte,
groupes de personnages en costume du temps de
Louis XV. A l'intérieur du couvercle, composition plus
importante, imitée de Pater, représentant un danseur
dans une campagne, une dame assise tenant un cahier
de musique, et deux hommes à ses côtés, dont l'un
joue de la flûte. A l'intérieur de la cuvette, dorure sur
porcelaine.
Travail allemand, du milieu du dix-huitième siècle.

Rectangulaire. Long. 0,082. — Larg. 0,050. — Haut. 0,042.

201. — Bonbonnière ronde, en émail de Saxe, montée en cuivre doré et décorée d'appliques d'or en relief
sur des fonds de paysages peints. Sur le couvercle,
Diane au repos, accompagnée de génies. Sur les parois
latérales : Hercule filant devant Omphale et Méléagre
apportant la tête du sanglier de Calydon; en pendant
à un génie retenant un cheval qui se cabre, on voit
un écusson d'armoirie d'azur à points et lozang s d'or.
Au-dessous de la cuvette, une fleur peinte. A l'inté ieur
du couvercle, peinture représentant des personnages
sur le seuil d'un palais, des gondoles et un navire.
Travail allemand, de la première moitié du dix-
huitième siècle.

Circulaire. Long. 0,065. — Larg. 0,037.

202. — Tabatière, formée de six plaques de porcelaine imitant la pâte tendre de Sèvres, montées à cage,
en or ciselé; ces plaques sont peintes à médaillons.

Sur le couvercle, trois Amours et un cygne : sous la
boîte, un Amour et deux colombes; sur les parois latérales, trophées champêtres.
Orfévrerie de P.-J. Antoine (1), Paris, 1743.

Circulaire. Long. 0,072. — Larg. 0,053. — Haut. 0,040.

Le fond de la porcelaine est rose. L'orfévrerie de la boîte es:
de beaucoup antérieure à la date d'exécution des plaques. E lle:
ont du être montées après coup dans une vieille cage.

203. — Tabatière, formée de dix plaques de laque
du Japon, montées à cage, en or ciselé et émaillé ;
doublée d'or.
Orfévrerie de Paris, de l'année 1782.

\ctogone. Long. 0,083. — Larg. 0,050. — Haut. 0,025.

Les plaques de laque, peintes à nuages d'or sur fond noir,
sont fixées dans des doubles montants d'or émaillé vert et
blanc.

204. — Tabatière, formée de dix plaques de laque
du Japon, fond noir quadrillé d'or, montées en cage
dans des bordures et doubles pilastres d'or ciselé; doublée d'or.
Orfévrerie de Paris, année 1785 environ.

Octogone. Long. 0,085. — Larg. 0,045. — Haut. 0,025.

---

(1) Pierre-Joseph Antoine, reçu maître le 30 septembre 1739.

ÉMAUX.

205. — Paix de velours rouge, brodé de feuillages d'or et fleurettes de perles, émeraudes et grenat. Des fleurettes semblables de perles et émeraudes alternent avec des topazes taillées en tables, et forment la bordure du tableau en émail de Limoges placé au centre. Le sujet est la Vierge tenant l'enfant Jésus; à droite, le petit saint Jean. Ce motif principal est accompagné de six médaillons, peintures en grisaille et or sur fonds de paillon, recouverts d'un cristal cabochon, dont voici les sujets : *l'Annonciation, la Nativité, l'Adoration des Mages, le Christ en croix, entre la Vierge et saint Jean. La Vierge de Pitié, la Résurrection.* Quatre petits médaillons du même genre, représentant deux saints et deux saintes, cantonnent la peinture centrale. Au revers sont brodées les lettres I B.

Seizième siècle.

Hauteur de l'ensemble 0,188. — Larg. 0,153. — Hauteur de l'émail 0,075. — Larg. 0,065.

206.— Le roi Louis XV, monté sur un cheval isabelle, ayant à la main un bâton de commandement. Derrière lui, est un homme portant son casque. Fond de paysage. Les mots : LOUIS XV et la date : 1727 sont placés autour de l'écusson royal de France. L'émail est encadré dans une bordure de bois doré du dix-huitième siècle.

Haut. 0,200. — Long. 0,150.

207. — Bourse composée de deux plaques de cuivre, émaillées sur relief, et montée en soie.

Dix-septième siècle.

Haut. 0,100. — Long. 0,078.

MINIATURES.

———∞———

AUBRY (LOUIS-FRANÇOIS), *né à Paris en* 1767, *mort en* 1851.

208. — PORTRAIT EN PIED D'UNE JEUNE FEMME.

Elle tient des gants blancs de la main droite, le bras gauche est appuyé sur une harpe; cheveux blonds, robe de velours noir.

Signé à droite : AUBRY.

Miniature sur ivoire. Long. 0,028. — Larg. 0,014.

AUGUSTIN (J.-B. JACQUES), *ne à Saint-Dié (Vosges), mort à Paris en* 1832.

209. — PORTRAIT DU ROI LOUIS XVIII.

Il est vu en buste, de face; habit bleu avec épaulettes, plaque du Saint-Esprit, rubans rouge et vert. Fond gris.

Signé : AUGUSTIN.

Miniature sur ivoire forme ovale Haut. 0,044. — Larg. 0,034.

210– Portrait de femme, *vue à mi-corps, dans un paysage.*

Elle est vêtue d'une robe blanche, ornée de rubans violets, turban, perles dans les cheveux.

Signé, sur le tronc d'arbre à gauche : A^{tln}.

Miniature sur ivoire forme ronde. Diam. 0,007.

BILLY.

211. — Portrait de Joseph II, empereur d'Allemagne.

Il est debout, près d'une fenêtre ouverte, vu de face, la main droite posée sur un livre et tenant un papier; cheveux poudrés, habit blanc, cordon bleu, ceinture d'or. A droite, une tenture rouge et un fauteuil; à gauche, une table sur laquelle est un chapeau.

Signé à gauche : Billy *pinxit* à Paris en 1775.

Miniature sur ivoire. Haut. 0,011. — Larg. 0,062.

BLARENBERGHE (Van), *né à Lille en 1734, mort à Paris en 1812.*

212. — Réunion devant un chateau.

A droite devant un perron, deux dames et un officier en habit rouge, exécutent un concert, un personnage debout joue de la flûte; à gauche, deux personnes assises, au premier plan, un lévrier.
Dans le fond un château.

Signé : V. Blarenberghe, 1767.

Miniature sur ivoire. Haut. 0,050. — Larg. 0,068.

4

BORNET.

213. — PORTRAIT DE LA PRINCESSE DE LAMBALLE.

Elle est vue à mi-corps, tournée de trois quarts à gauche.

Chevelure élevée légèrement poudrée, robe blanche, large ceinture violette.

On lit autour du portrait: «Louise de Savoye Carignan, princesse de Lamballe, née à Turin en 1749.» Fond gris verdâtre et brun.

Signé à droite : BORNET, 89.

Miniature sur ivoire, forme ronde. Diam. 0,065.

CHARLIER (JACQUES), *peintre en miniature du Roi.*

214. — JEUNE FEMME ASSISE DANS UN PAYSAGE ET JOUANT DE LA VIELLE.

Elle est vue presque de face, coiffée d'une fanchon, robe brune à liserés bleus.

A gauche, un grand arbre.

Miniature sur ivoire. Haut. 0,058. — Larg. 0,075.

CHASSELAT (PIERRE), *mort en 1814. — Peintre en miniature de Mesdames de France.*

215. — JEUNE FEMME VÊTUE DE BLANC, *assise sur un canapé bleu, près d'une alcôve.*

Elle est vue en pied, regardant un serin envolé d'une cage Un chien est debout devant elle, les pattes appuyées sur sa robe ; on voit à terre des roses détachées d'une guirlande.

Signé : CHASSELAT, 1777.

Miniature sur ivoire. Haut. 0,010. — Larg. 0,072.

DUMONT (FRANÇOIS), *né à Lunéville en 1751, mort en 183 ?*
Membre de l'Académie royale.

216. — PORTRAIT DE CHÉRUBINI.

Il est debout, presqu'en pied, la main gauche appuyée sur un clavecin, et tenant de la droite une plume.
Un cahier de musique est ouvert devant lui. Le buste
de Sarti, son maître, est placé à gauche, sur une co-
lonne de marbre rouge.
Cheveux bouclés et poudrés, chemise entrouverte,
vêtement bleu, manteau jaunâtre.

Signé à droite : DUMONT, 1792.

Miniature sur ivoire. Haut. 0,017. — Larg. 0,013.

Exposé au salon de 1793.

Cette miniature et les trois suivantes proviennent de la
collection de M. Dumont, secrétaire de l'École des Beaux-Arts,
fils de François Dumont; elles figurent dans le catalogue de la
vente faite après son décès en 1854.

217. — PORTRAIT D'ANNE MORICHELLI, *paysanne de
Frascati.*

Elle danse en tenant son tablier, la main droite levée
au-dessus de la tête.
Coiffure blanche, robe rouge, corsage marron ; dans
le fond campagne romaine, édifices, aqueduc et montagnes.

Signé : DUMONT.

Miniature sur ivoire. Haut. 0,017. — Long. 0,013.

Exposé au salon de 1793.

Vente de M. Dumont en 1854. (Voir la note du n° 216)

218. — PORTRAIT D'ARNAULT, *de l'Académie française.*

Il est vu presqu'en pied, debout au bord de la mer, tenant un livre ouvert appuyé sur le genou, et s'apprêtant à écrire.

La tête levée et tournée de trois quarts à gauche; cheveux bouclés, chemise entrouverte, vêtement marron.

Signé sur le terrain à droite : DUMONT, an IV.

Miniature sur ivoire. Haut. 0,017. — Long. 0,011.

Vente Dumont, 1854. (Voir la note du n° 216).

219. — PORTRAIT DE MANDINI, CHANTEUR ITALIEN.

Il est debout, près d'une balustrade, vu à mi-jambes, chantant en s'accompagnant de la guitare, cheveux poudrés, cravate blanche, manteau violet. Fond de paysage, effet de nuit.

Signé sur la balustrade, à gauche : F. DUMONT, 1792.

Miniature sur ivoire. Haut. 0,016. — Larg. 0,012.

Exposé au salon de 1793.

220. — PORTRAIT DE FEMME VUE EN BUSTE, *tournée de trois quarts à gauche.*

Elle est vêtue d'une robe brune décolletée et bordée de dentelles, ceinture bleue, cheveux poudrés. Fond gris bleu.

Signé à gauche : DUMONT.

Miniature sur ivoire, forme ronde. Diam. 0,067.

GUÉRIN (JEAN), *né à Strasbourg en 1760, mort en 1836.*

221. — PORTRAIT DE FEMME ASSISE, *vue à mi-jambes, la tête inclinée à gauche, presque de face.*

Le bras droit appuyé sur un coussin de velours bleu, robe blanche, corsage rose recouvert de dentelles, bras nus ; petite ceinture bleue, cheveux noirs, courts et bouclés. Fond gris foncé.

Signé à gauche : J. GUÉRIN, F

Miniature sur ivoire. Haut. 0,097. — Larg. 0,035.

222. — PORTRAIT DE Mme CATALANI, *assise, jouant de la guitare.*

Elle est vue à mi-jambes, la tête tournée de trois quarts à gauche, robe blanche, bras nus, cheveux noirs et courts. Fond gris clair.

Miniature sur ivoire, forme ronde. Diam. 0,080.

HALL (PIERRE-ADOLPHE), *né en Suède, en 1739, mort à Liége, en 1793.*

223. — JEUNE FEMME VÊTUE DE BLANC, *vue presque en pied, dans un paysage, elle se dirige vers la droite, en détournant la tête, le bras gauche étendu, un bouquet de fleurs dans la main droite.*

Ceinture bleue, rose dans les cheveux.
A gauche, un grand arbre.

Miniature sur ivoire, forme ovale. Haut. 0 014. —Long. 0,012,

224. — PORTRAIT DE JEUNE HOMME, *vu en buste, tourné de trois quarts à droite.*

Cheveux poudrés, habit vert galonné d'or, col et jabot de dentelle. Fond gris.

Signé à gauche : HALL.

Miniature sur ivoire, forme ovale. Haut 0,044. — Long. 0,038.

HALL (ÉCOLE OU IMITATION DE).

225. — JEUNE FEMME DEBOUT, *près d'un chevalet, vue de face, la tête légèrement inclinée à gauche.*

Robe blanche, corsage violet, roses dans les cheveux ; elle tient sa palette de la main gauche, auprès d'une esquisse placée sur le chevalet. Derrière elle, à gauche, une harpe. Fond noir.

Signé dans le bas à droite : HALL, 1788

Miniature sur ivoire. Haut. 0,035. — Long. 0,017.

HALL (d'après).

226. — JEUNE FEMME ASSISE, *les deux mains appuyées sur un clavecin.*

Elle est vue à mi-corps, tournée de trois quarts à droite ; robe blanche, corsage et jupe violets, chevelure poudrée, large chapeau blanc surmonté de plumes et de lilas. Fond violacé.

Miniature sur ivoire, forme ronde. Diam. 0,070.

Un portrait semblable, signé Hall, appartenant à M. Vincent, a figuré à l'Exposition au bénéfice des Alsaciens-Lorrains (palais du Corps-Législatif), il est indiqué dans le catalogue comme le portrait de Sophie Arnoud.

ISABEY (JEAN-BAPTISTE), *né à Nancy en 1767, mort à Paris en 1855.*

227. PORTRAIT DE JEUNE FEMME, *vue à mi-jambes, tour-née de trois quarts à droite, assise dans un paysage.*

Elle est vêtue d'une robe blanche, les mains posées sur les genoux.

Cheveux très-blonds, courts et bouclés.

On aperçoit dans le fond, au milieu du paysage, un petit édifice à colonnes.

Signé à gauche : ISABEY.

Miniature sur ivoire, forme ronde. Diam. 0,080.

KLINGSTEDT *né à Riga en 1657, mort à Paris en 1734.*

228. — DIANE ET ACTÉON.

La déesse, nue, est assise à terre sur une draperie, elle se retourne à droite et regarde Actéon, trois nymphes sont auprès d'elle.

Miniature forme ovale. Haut. 0,065. — Larg. 0,085.

229. — L'ENLÈVEMENT D'EUROPE.

Elle est assise sur le taureau et tient une guirlande de fleurs, trois jeunes filles sont auprès d'elle à droite.

Miniature. Haut. 0,045. — Long. 0,065.

230. — JEUNE FEMME, *assise dans un paysage tournée de trois quarts à gauche.*

Elle marque la mesure de la main droite, un enfant regarde un cahier de musique qu'elle tient sur ses genoux; son corsage est orné d'un ruban rose; massif d'arbres dans le fond à gauche.

Miniature sur velin. Haut. 0,045. — Larg. 0,065.

LAURENT (Jean-Antoine), *né à Baccarat en 1743, mort en 1826.*

231. — Jeune femme, *assise dans un parc, tournée de trois quarts à gauche, vue à mi-jambes.*

Elle tient sur ses genoux un enfant nu, à qui elle donne le sein.

Robe rouge, manches de dentelle, long voile blanc, rattaché à ses cheveux bruns, collier d'ambre.

A gauche, fond d'arbres.

Signé à droite, sur un piédestal : Laurent. 1803.

Miniature sur ivoire, forme ronde. Diam. 0,088.

LE GUAY (Charles-Étienne), *peintre de la Manufacture de Sèvres, né à Sèvres en 1762, mort en 1840.*

232. — Jeune fille. *assise dans un paysage, vue de face, presqu'en pied.*

Elle tient un porte-crayon de la main droite, et de la gauche un dessin, qui représente le fond du paysage dans lequel elle est assise ; on y remarque un petit temple circulaire à colonnes.

Robe blanche à manches courtes, large ceinture verte, cheveux bruns tombant sur les épaules.

Signé sur le tertre à gauche : E.-C. Le Guay, p^t.

Miniature sur ivoire, forme ronde. Diam. 0,010.

LE TELLIER.

233. — JEUNE FEMME, *assise sur un tapis et appuyée à un coussin bleu.*

Elle est vêtue d'une robe blanche et d'un manteau d'hermine, et tient un livre de la main droite ; chevelure poudrée, ornée de perles. A droite, un brûle-parfums ; à gauche, un guéridon.
Fond d'architecture.

Signé : LE TELLIER, 1771.

Miniature sur ivoire, forme ovale.— Haut. 0,055.— Long. 0,075.

MAILLY, R. (de Sèvres).

234. — VASE BLEU, *garni de fleurs, posé sur une table de pierre, recouverte d'un tapis jaune.*

A gauche, des pêches et des raisins; à droite, petit vase de porphyre contenant des jacinthes bleues.

Signé dans le bas à gauche : R. MAILLY, inv.

Porcelaine, forme ronde. Diam. 0,060.

MOTELAY (a exposé en 1795).

235. — PORTRAIT DE M. JOUSSERANT, *père de Mme Philippe Lenoir, qui a légué au musée du Louvre sa collection de tabatières et de miniatures.*

Il est vu en buste, de face, habit noir, col et gilet blanc. Fond de ciel.

Signé à gauche : MOTELAY.

Miniature sur ivoire, forme ronde. Diam. 0,041.

PARENT (Louis-Bertin), *né en 1768, mort en 1851.*

236. — Portrait de l'Impératrice Joséphine.

Tête vue de profil à gauche ; imitation d'un cam
onyx. Fond brun.

Signé dans le bas : Parent.

Miniature sur ivoire, forme ovale. Haut. 0,038. — Long. 0,0

PERIN (Lié-Louis), *né en 1753, mort en 1817.*

237. — Portrait de jeune fille.

Vue en buste de face ; cheveux blonds bouclés, chapeau de paille avec des rubans violets, robe violette décolletée et bordée de dentelle.
Fond de paysage.

Signé à droite : Perin.

Miniature sur ivoire, forme ronde. Diam. 0,64.

PETITOT (Jean), *né à Genève en 1607, mort en 1691.*

238. — Portrait de Louis II de Bourbon, *le grand Condé.*

Il est vu en buste, tourné de trois quarts à gauche ; armure, cravate de dentelle. Fond de ciel.

Émail forme ovale. Haut. 0,040. — Long. 0,033.

239. — Portrait de jeune femme blonde.

Vue en buste, de trois quarts à gauche. Robe bleue, bordée de dentelle autour de la poitrine, qui est découverte. Fond gris.

Émail forme ovale. Haut. 0,024. — Long. 0,018.

240. — PORTRAIT DE CHRISTINE, *reine de Suède.*

Elle est vue en buste, de trois quarts à droite.
Cheveux châtains et bouclés; robe couleur feuille
morte. Fond brun.

Émail forme ovale. Haut. 0,014. — Long. 0,035.

Très-restauré dans la partie droite.

PETITOT (attribué à J.).

241. — PORTRAIT DE MARIE D'ORLÉANS (Mlle DE LONGUE-
VILLE), *duchesse de Nemours.*

Elle est vue en buste, tournée de trois quarts à
gauche,
Chevelure blonde et bouclée, collier de perles, robe
bleue. Émail, fond brun.

Forme ovale. Haut. 0,040. — Larg. 0,035.

Le même portrait dans la collection des émaux du Louvre.
N° 1480 de la *Notice des dessins et émaux*, par M. F. Reiset.

PETITOT (JEAN) (École de).

242. — PORTRAIT DU ROI LOUIS XIV.

Il est en buste, de trois quarts à droite, le cordon
bleu sur son armure. Fond verdâtre.

Émail, forme ovale. Haut. 0,025. — Larg. 0,020.

243. — JEUNE FEMME.

Vue en buste, tournée de trois quarts à droite.
Cheveux châtains bouclés, pendants d'oreilles et
collier de perles, robe verdâtre. Fond brun.

Émail, forme ovale. Haut. 0,028. — Larg. 020.

244. — PORTRAIT DE JEUNE FEMME.

Vue en buste, tournée de trois quarts à gauche. Cheveux bouclés, résille, pendants d'oreilles et collier de perles, robe jaune, fichu gris; bijou de perles au corsage. Fond brun.

Émail, forme ovale. Haut. 0,040. — Larg. 0,032.

ROUQUET (attribué à ANDRÉ).

245. — PORTRAIT DU ROI LOUIS XV.

Il est en buste, tourné de trois quarts à droite; habit rouge broché, cordon bleu. Fond brun.

Émail, forme ovale. Haut. 0,043. — Larg. 0,035.

SAINT (DANIEL), *né à Saint-Lô, en 1778, mort en 1847.*

246. — PORTRAIT DU ROI CHARLES X.

Il est vu en buste, tourné de trois quarts à droite. Habit de lieutenant-général, cordon bleu, plaque du Saint-Esprit, croix de Saint Louis et de la Légion d'honneur. Fond vert.

Signé à gauche : SAINT, 1824.

Miniature sur ivoire, forme ovale. Haut. 0,044. — Larg. 0,034.

SICARDI (LOUIS), *né à Avignon, en 1746, mort en 1825.*

247. — PORTRAIT DU ROI LOUIS XVI, *vu en buste, tourné de trois quarts à gauche.*

Habit gris, cordons et plaques du Saint-Esprit et de

Saint Louis, Toison d'or, gilet blanc. Il tient son chapeau sous le bras gauche. Fond brun.

Signé à droite : SICARDI, 1791.

Miniature sur ivoire, forme ronde. — Diam. 0,070.

On lit gravé sur le cadre: « Donné par le roi à M. Alexandre
d'Aumont de Villequier, le 20 avril 1791. »

J. S.

248. — PORTRAIT DE JEUNE FEMME, *vue en buste, de
trois quarts à gauche.*

Chevelure blonde, collier de perles, robe rose, collerette de dentelle. Fond gris clair.

Signé à gauche : J. S., 1775.

Miniature sur ivoire, forme ovale. — Haut. 0,050. — Larg. 0,042.

Cette miniature peut être attribuée à l'école anglaise.

VAN POL (Chrétien), *né près de Haarlem en 1752, mort
en 1813.*

249. — VASE ORNÉ *de bas-reliefs et rempli de fleurs.*

Il est posé sur une table de marbre.
A gauche, deux cédrats ; à droite, un nid.

Signé à droite : V. P.

Fixé, forme ronde. — Diam. 0,062.

250. — CORBEILLE GARNIE DE FLEURS, *posée sur une table
de pierre..*

A droite, un chardonneret.

Signé à droite : VAN POL.

Fixé, forme ronde. — Diam 0,075.

VAN SPAENDONCK (CORNEILLE), *né à Tilburg, en 1756, mort en 1840. Élève de son frère Gérard.*

251. — CORBEILLE DE FLEURS, *et vase orné de figures d'enfants en bas-relief, sur une table de marbre.*

Signé à gauche : **V. S. P.**

Aquarelle, forme ronde. — Diam. 0,080.

VESTIER (attribué à ANTOINE), *né à Avallon, en 1740, mort au commencement du dix-neuvième siècle, de l'Académie royale de peinture.*

252. — PORTRAIT DE JEUNE FEMME, *assise sur un sopha violet.*

Vue à mi-jambes, tournée de trois quarts à droite. Chevelure poudrée, voile blanc, robe bleu clair, corsage jaune. Elle étend les deux mains vers la droite, et tient un moucboir.
A droite, sur un guéridon, une cafetière et une tasse. Fond gris violacé.

Miniature sur ivoire, forme ronde. — Diam. 0,075.

253. — PORTRAIT DE JEUNE FEMME, *debout, vue à mi-corps, tournée de trois quarts à droite.*

Elle est vêtue d'une robe blanche, à corsage vert, le bras droit posé sur une table. Ruban vert dans les cheveux, une rose au corsage. On aperçoit à gauche des fleurs sur la table. Fond brun.

Miniature sur ivoire, forme ronde. — Diam. 0,056.

254. — JEUNE FEMME ASSISE, *la main droite appuyée sur l'épaule d'un enfant vêtu de bleu, qui est debout auprès d'elle.*

Robe blanche, nœuds violets, chevelure poudrée très-élevée.

A gauche, des fleurs et un flacon posés sur une table.

Miniature sur ivoire, forme ovale.— Haut. 0,060.— Larg. 0,065.

ÉCOLE FRANÇAISE (XVIIᵉ SIÈCLE).

255. — PORTRAIT DE LA REINE ANNE D'AUTRICHE, *vue en buste, tournée de trois quarts à droite.*

Elle est en habits de deuil, la figure se détache sur un fond brun, entre deux rideaux.

Miniature sur vélin. — Haut. 0,062. — Larg. 0,052.

256. — PORTRAIT D'HENRIETTE D'ANGLETERRE, *femme de Monsieur, frère de Louis XIV.*

Elle est assise, tournée de trois quarts à droite, tenant sur ses genoux sa fille, Anne-Marie-Louise d'Orléans, depuis reine d'Espagne.

Robe bleue, collier de perles ; la robe de l'enfant est à ramages d'or et recouverte de guipure.

A gauche, une tenture brune, et à droite, fond de paysage.

Miniature sur vélin, forme ovale.— Haut, 0,080.— Larg. 0,065.

257. — PORTRAIT DE BOGUSLAS RADZIWIL, *duc de Birza, prince de l'Empire romain, connétable et général du royaume de Pologne.*

Il est vu en buste, tourné de trois quarts à gauche.

Perruque blonde, dont les boucles couvrent les

épaules, petites moustaches et royale, cuirasse, nœud rouge sur un rabat de dentelle.
La figure se détache sur un rideau verdâtre.

Miniature sur vélin, forme ovale. — Haut. 0,014. — Larg. 0,012.

Peut être attribuée à l'école flamande ou allemande (xviie siècle)

258. — PORTRAIT D'ABEL SERVIEN, MARQUIS DE SABLE ET DE BOISDAUPHIN, *plénipotentiaire du Roi au Congrès de Munster.*

Il est vu en buste, de profil, tourné à gauche.
Chevelure châtain, moustaches et royale, vêtement noir, large col rabattu, cordon et plaque de l'ordre du Saint-Esprit.

Miniature à l'huile, sur cuivre, forme ovale.
Haut. 0,070. — Larg. 0,055.

Peut être attribué à l'école flamande.

259. — PORTRAIT D'HOMME.

Vu en buste, tourné de trois quarts à droite.
Chevelure blonde, dont les boucles tombent sur les épaules, vêtement noir, large col garni de guipure.

Miniature sur vélin, forme ovale. Haut. 0,054. — Larg. 0,044.

260. — PORTRAIT DE JEAN DE LA FONTAINE.

Il est vu en buste, tourné de trois quarts à droite.
Perruque noire bouclée, vêtement jaune à revers violets, nœud rouge et rabat de dentelle. Fond brun.

Miniature sur vélin, forme ovale. Haut. 0,058. — Larg. 0,047

ÉCOLE FRANÇAISE (xviiie siècle).

261. — PORTRAIT DE JEUNE FEMME, *vue de face, à mi corps.*

Elle est vêtue d'une robe bleue, bordée d'un liséré d'or avec perles; manteau rose; chevelure courte et poudrée.
A droite, un rideau vert; fond d'architecture.

Miniature sur vélin. — Haut. 0,055. — Larg. 0,078.

262. — PORTRAIT DE JEUNE FEMME, *vue en buste, de trois quarts à droite.*

Chevelure blonde très-élevée, robe décolletée, garnie d'une ruche de dentelle. Fond gris.

Miniature sur ivoire, forme ovale. Haut. 0,037.—Larg. 0,030.

263. — PORTRAIT DE JEUNE FEMME, *vue en buste, de trois quarts à droite.*

Cheveux poudrés, fanchon, nœud de dentelle sur la poitrine, robe rouge brochée d'or et garnie de dentelle. Fond gris.

Miniature sur ivoire, forme ovale. Haut. 0,043.—Larg. 0,034.

264. — PORTRAIT DE LA MARQUISE DE PRIE.

Elle est vue à mi-corps, assise dans un paysage, un oiseau est posé sur sa main gauche; robe grise, corsage et manches de dentelles.

5

Derrière elle, un grand vase de jardin, orné d'une tête de lion.

Miniature sur ivoire, forme ovale. Haut. 0,046.— Larg. 0,070.

D'après le portrait de J.-B. Van Loo, gravé par Chéreau le jeune.

265. — PORTRAIT DE JEUNE FEMME, *vue en buste, tournée de trois quarts à droite.*

Cheveux poudrés, robe gris clair et corsage lilas. Fond bleu.

Miniature sur ivoire, forme ovale. Haut. 0,040.— Larg. 0,030.

Cette miniature et la suivante peuvent être attribuées à l'école vénitienne.

266. — PORTRAIT D'HOMME, *vu en buste, tourné de trois quarts à droite.*

Cheveux poudrés, habit gris avec des broderies d'argent, manteau rose. Fond bleu.

Miniature sur ivoire, forme ovale. Haut. 0,040.—Larg. 0,030

267. — PORTRAIT DE JEUNE FILLE, *vue à mi-corps, la tête presque de face, inclinée à droite.*

Robe bleue, écharpe rose; cheveux courts et poudrés; fleur rouge au corsage.

Miniature sur ivoire, forme ovale. Haut. 0,060.— Larg. 0,050.

268. — PORTRAIT PRÉSUMÉ D'UN PRINCE DE LA MAISON DE BOURBON, *vu en buste, de trois quarts à droite.*

Chevelure poudrée, costume romain, cuirasse ornée de fleurs de lis, manteau violet. Fond verdâtre.

Miniature sur ivoire, forme ronde. Diam. 0,063

269. — Jeune femme, *réprésentant l'harmonie.*

Elle est assise sur les nuages, tournée vers la gauche et tient une lyre; un amour lui offre une couronne de lauriers et des roses.

Miniature sur ivoire. Haut. 0,055. — Larg. 0,009.

270. — Portrait d'homme, *vu à mi-corps, tourné de trois quarts à droite.*

Il est debout dans une bibliothèque, tenant une plume de la main droite; cheveux poudrés, vêtement noir, à gauche une tenture violette.

Miniature sur ivoire. Haut. 0,055. — Larg. 0,080

271. — Portrait de jeune femme assise, *vue à mi-corps, tournée de trois quarts à gauche.*

Elle est revêtue d'une mante noire, coiffée d'un bonnet blanc, et tient à la main un nœud de ruban bleu. Dans le fond une tenture violette.

Miniature. Haut. 0,055. — Larg. 0,080.

272. — Portrait de femme, *vue en buste, tournée de trois quarts à gauche.*

Chevelure noire, ornée de perles, robe bleue avec des lacets d'or au corsage, manteau rouge. Fond gris brun.

Miniature sur vélin, forme ovale. Haut. 0,060. — Larg. 0,050.

273. — PORTRAIT D'ENFANT, *vu en buste, tourné de trois quarts à gauche.*

Cheveux poudrés, collerette, vêtement bleu, avec des lisérés blancs. Fond gris.

Miniature sur ivoire, forme ovale.— Haut. 0,035.— Larg. 0,030.

274. — PORTRAIT DE JEUNE FEMME, *vue en buste, de trois quarts à droite.*

Cheveux courts et poudrés, robe blanche bordée d'un ruban bleu, poitrine découverte; un nœud bleu dans les cheveux. Fond gris.

Émail forme ovale. Haut. 0,040. — Larg. 0,035.

275. — JEUNE FILLE, *vue en buste, tournée de trois quarts à droite.*

Tunique rose, rattachée par un nœud sur l'épaule gauche, poitrine découverte; ruban bleu dans la chevelure. Fond brun.

Miniature sur ivoire, forme ronde. Diam. 0,065.

276. — JEUNE FILLE OFFRANT UN SACRIFICE.

Elle est vue à mi-corps, tournée de trois quarts à gauche, la main appuyée sur un autel, et tenant un plateau avec des charbons allumés, au-dessus d'une colombe morte.

Miniature sur ivoire, forme ronde. Diam 0,060.

277. — Portrait de femme, *vue à mi-corps, tournée de trois quarts à droite.*

Elle est assise dans un parc, et tient des deux mains un livre ouvert sur ses genoux; robe blanche, corsage violet; chevelure poudrée, ornée d'un ruban blanc.
A droite, une statue sur un piédestal.

Miniature sur ivoire, forme ronde. Diam. 0,070.

ÉCOLE FRANÇAISE (XIXe SIÈCLE).

278. — Portrait de Mme LA DUCHESSE D'ANGOULÊME.

Elle est vue en buste, tournée de trois quarts à droite, et tient une couronne de lauriers; manteau bleu, doublé d'hermine et fleurdelisé, coiffure de lis et voile blanc.
Tenture de velours vert; à gauche colonnes de marbre.

Miniature sur ivoire, forme ronde. Diam. 0,012.

279. — Portrait de l'empereur Napoléon Ier.

Tête de profil, tournée à droite.

Miniature sur ivoire, forme ronde. Diam. 0,040.

ÉCOLE ANGLAISE.

280. — Portrait de jeune femme, *vue à mi-corps, tournée de trois quarts à droite.*

Sa chevelure blonde, très-élevée, retombe en boucles sur ses épaules; rubans bleus dans les cheveux, robe et guimpe blanche, ceinture bleue. Fond gris-clair.

Miniature sur ivoire, forme ovale. Haut. 0,058. — Long 0,041.

ÉCOLE ANGLAISE ? (XIXᵉ SIÈCLE).

281. — JEUNE FILLE DEBOUT DANS UN PAYSAGE, *vue à mi corps, tournée de trois quarts à gauche.*

Elle tient une colombe. Fleurs dans sa chevelure blonde, robe rouge, fichu blanc à raies roses. Fond de ciel nuageux.

Miniature sur ivoire. Haut. 0,110. — Long. 0,090.

IVOIRES.

282. — La Vierge Marie, mère de douleur, statuette en ronde-bosse, debout : l'attitude, le regard et le geste indiquent que cette figure accompagnait un Christ sur la croix.
Travail français du dix-septième siècle.

Haut. 0,260.

283. — Saint Jean-Baptiste, statuette en ronde-bosse, debout. Cette statuette, pendant de la précédente, accompagnait un Christ sur la croix.
Travail français du dix-septième siècle.

Haut. 0,270.

284. — La Vierge Marie, mère de douleur, statuette en ronde-bosse, debout. Elle accompagnait un Christ sur la croix.

Travail français, fin du seizième siècle.

Haut. 0,130.

285. — Saint Jean-Baptiste, statuette en ronde bosse, debout. Il accompagnait un Christ sur la croix.
Travail français, fin du seizième siècle.

Haut. 0,125.

286. — Crucifix. Le Christ est en ronde-bosse, attaché sur la croix par quatre clous de fer; les bras sont relevés dans la pose adoptée par les Jansénistes. La croix est d'ébène.

Travail français, de la première moitié du dix-septième siècle.

Haut. 0,220.

287. — Génie des jardins, statuette en ronde-bosse. Enfant nu, assis; il approche de sa bouche une grappe de raisins qui termine une guirlande de fruits dont il tient les extrémités dans ses mains.

Travail français du dix-septième siècle.

Haut. 0,067.

288. — Enfant, statuette en ronde-bosse. Il est assis, portant à sa bouche une grappe de raisins.
Travail français du dix-septième siècle.

Haut. 0,042.

289. — *Ecce homo*, bas-relief. Le Christ est représenté à mi-corps, presque nu, les bras liés, tenant à la main un roseau. Au second plan, des personnages en costumes variés. L'un d'eux porte une hallebarde. Cadre d'ébène.

Travail allemand du dix-septième siècle.

Haut. du bas-relief 0,273. — Long. 0,200. »

290. — Nymphes, Satyres et Amours sculptés en haut-relief sur fond demi-transparent. Cet ivoire est encadré dans une boîte montée en cage, de cuivre doré. Les motifs des bordures, richement ciselés, sont des fleurs, des rinceaux de feuillage et des coquilles.

Travail du dix-huitième siècle.

Haut. 0,290. — Larg. 0,130.

Cet ivoire est célèbre par la gravure qu'en a faite Mme de Pompadour, qui l'a possédé. Il a appartenu ensuite à son frère François-Abel Poisson, marquis de Vandières, de Marigny et de Ménars. On lit à la page 55 du *Catalogue des différents objets de curiosités dans les sciences et arts qui composaient le cabinet de feu M. le marquis de Ménars.... par F. Basan* (Paris 1782) :

« N° 217. Un charmant sujet exécuté avec beaucoup de délicatesse en ivoire et composé de neuf figures de femmes, satyres, enfants assis et folâtrant aux pieds de deux arbres autour desquels serpentent des ceps de vigne, de la grandeur de 6 pouces sur 3 1/2 de large, enfermé sous verre dans une bordure de cuivre, à ornements en cuivre doré. »

Cet objet fut vendu 600 livres, à la vente du marquis de Ménars.

291. — Hanap. Un bas-relief en ivoire, représentant le combat des Centaures et des Lapithes, entoure le vase. Monture en argent doré, dont les ornements principaux sont des godrons. — L'anse est formée d'une sirène qui cache son visage dans ses mains.

. Travail flamand du dix-septième siècle.

Haut. 0,240. — Long. 0,143. — Larg. de la base 0,160.

292. — Étui renfermant une cuiller, une fourchette et un couteau. La cuiller est d'argent doré, la fourchette et le couteau sont de fer. Les manches sont d'ivoire, et chacun est formé par un groupe d'enfants se livrant à des jeux divers.

L'étui est en bois recouvert de veau brun et décoré de riches ornements dorés, appliqués à l'aide de fers de reliure.

Travail français du dix-septième siècle.

La fourchette mesure 0,185 ; la cuiller, 0,200; le couteau 0,210.

BIJOUX.

293. — Reliquaire d'argent doré. Petit édicule en forme d'ostensoir, surmonté du monogramme de la Vierge, découpé, dans une gloire ornée de quatre clochetons. Il est décoré d'olives mobiles, dont les quatre faces renferment sous cristal des peintures religieuses faites au fixé, doublées de paillon. Les reliques sont renfermées dans deux petits chatons à double face.

Commencement du dix-septième siècle.

Haut. 0,280. — Diam. de la base 0,091.

294. — Reliquaire d'argent doré. Petit édicule en forme d'ostensoir, surmonté du monogramme du Christ,

découpé, dans une gloire ornée de quatre clochetons.
Il est décoré d'olives mobiles, dont les quatre faces
renferment sous cristal des peintures religieuses faites
au fixé et doublées de paillon. Les reliques sont renfermées dans deux petits chatons à double face.

Commencement du dix-septième siècle.

Haut. 0,280. — Diam. de la base 0,091.

295. — Croix. Le Christ en ronde-bosse est de vermeil. Les quatre branches de la croix, revêtues d'émail
violet sur les deux faces, sont semées de fleurs de lis
d'or. Elles sont terminées par quatre agrafes auxquelles
des feuillages gravés servent d'attaches et sont ornées,
sur la face, de feuillages d'argent découpés et ciselés,
enrichis de rubis et de diamants taillés en roses.

Dix-septième siècle.

Haut. 0,125. — Long. 0,088.

296. — Croix d'or, revêtue d'émaux blancs et noirs,
avec les images du Christ sur la face, et, au revers,
de Marie portant l'enfant Jésus, gravées sur or. Trois
perles sont posées en suspension.

Seizième siècle.

Long. 0,055. — Larg. 0,030.

297. — Croix d'argent doré, enrichie sur la face de
huit cristaux taillés en table; revêtue, au revers,
d'émaux blancs et noirs; sur les côtés d'émail noir.
Aux extrémités, des perles d'émail rouge rubis et un
anneau émaillé de noir et de blanc.

Orfèvrerie espagnole. Seizième siècle.

Haut. 0,060. — Larg. 0,035.

298. — Croix d'améthyste, dont les branches sont terminées par des garnitures d'or, enrichies d'émaux avec trois petites perles suspendues. La figure du Christ d'or émaillé, est accompagnée de l'inscription : INRI.
Fin du seizième siècle.

Haut. 0,062. — Long. 0,037.

299. — Un triangle, symbole de la Trinité, formé par des lignes de cristaux taillés en tables sur or émaillé Orfévrerie espagnole. Seizième siècle.

Longueur des côtés 0,045.

300. — Pendeloque formant un petit édicule autour d'un tube de cristal, qui renferme des figures microscopiques de bois sculpté, sujets religieux : le Christ, *Ecce homo*, le Calvaire. La construction est d'or, ornée de fins émaux noirs et blancs, enrichie de perles fines.
Seizième siècle.

Haut. 0,035. — Larg. 0,016.

301. — Pendeloque d'or, revêtue d'émaux et enrichie de pierres fines. Le motif principal est un *Ecce homo* d'or émaillé, en ronde-bosse, appliqué sur une niche d'émail rouge rubis. Au-dessous, une tête d'ange ailée, à la pointe une croix de Malte émaillée et une perle.
Seizième siècle.

Haut. 0,133. — Larg. 0,022.

302. — Médaillon d'or, à double face, sous cristaux cabochons et dans un cadre d'or, avec ornements émaillés. Le sujet du fixé est un anachorète dans une solitude. Le côté opposé est vide.
Fin du seizième siècle.

Haut. 0,055. — Larg. 0,040.

303.—Suspension. Le Saint-Esprit : le corps est une grosse perle baroque ; la tête, les ailes, les pattes et la queue sont d'or, revêtu d'émail blanc rehaussé de noir. Dans le bec est une petite branche d'olivier émaillée. Les pattes étreignent un ruban d'or émaillé de couleur bleue, sur lequel les lettres M. B. V. (MARIA BEATA VIRGO).
Seizième siècle.

Haut. 0,057. — Long. 0,075

304. — Suspension d'or ciselé et travaillé au repoussé, ayant la forme d'un lion en ronde-bosse aplatie, le corps émaillé de couleur rouge et la queue diaprée d'émaux. Des perles sont suspendues aux quatre griffes.
Orfévrerie espagnole. Seizième siècle.

Haut. 0,027. — Long. 0,033.

305.—Cassolette d'or, ayant la forme d'un crapaud. Le dos, la tête émaillés de couleur verte, sont enrichis d'un pavé de rubis. Le ventre, qui est percé de trous, est mêlé d'émail blanc et d'or ; on y remarque deux rubis. Chaînette de suspension.
Seizième siècle.

Avec la chaine. Haut. 0,075. — Larg. 0,025.

306.—Suspension d'or émaillé, ayant la forme d'une galère à trois ponts et à trois mâts, ciselés et découpés à jour. Les voiles en blanc ; quatre cordages de perles fines ; seize perles plus fortes sont agrafées et mobiles.
Seizième siècle.

Haut. 0,050. — Larg. 0,045.

307. — Agrafe d'or, découpée, émaillée, encadrant une émeraude taillée et posée sur pivot au centre du bijou. Trois petites perles se balancent au bas.
Seizième siècle.

Haut. 0,022. — Larg. 0,020.

308. — Pendeloque d'argent doré, décorée d'ornements émaillés sur or, enrichie de cinq grenats et de trois perles baroques en suspension.
Dix-septième siècle.

Long. 0,083. — Larg. 0,044.

309. — Pendeloque d'or, ayant la forme d'une croix formée par des tiges égales, que terminent des fleurs en rosace, émaillées de couleur bleu foncé. La croix est rattachée à une rosace semblable, qui forme le milieu d'un nœud de ruban.
Dix-huitième siècle.

Long. 0,060. — Larg. 0,030.

310. — Médaillon de vermeil émaillé, enrichi d'un rang de rubis qu'entoure un rang de brillants, formant encadrement à une boîte émaillée, de forme ovale, que recouvre un cristal de roche. Au revers, des fleurs peintes sur émail.
Dix-septième siècle.

Long. 0,054. — Larg. 0,040.

311. — Pendeloque d'or, découpé et filigrané, rehaussé de fins émaux et de cinq petites pierres de jais.
Seizième siècle.

Haut, 0,060. — Long. 0,025.

312. — Pendeloque d'or découpé, avec quelques filigranes et émaux.
Dix-septième siècle.

Haut. 0,037. — Long. 0,020

313. — Fermoir de collier d'argent doré, revêtu d'une applique d'or, découpée à jour, avec filigranes et émaux, entourant une pierre de jais.
Dix-septième siècle.

Long. 0,032. — Larg. 0,023.

314. — Fermoir de collier d'argent doré, revêtu d'une applique d'or filigrané; au centre, est une fleur à huit pétales, émaillée, dont le cœur est une pierre de jais.
Dix-septième siècle.

Long. 0,031. — Larg. 0,022.

315. — Médaillon. Portrait de Mlle de La Vallière, en costume de Flore. L'encadrement est un rang de perles fines et un rang semblable encadre, au revers, le cristal destiné à recouvrir des cheveux. L'anneau de suspension est de perles fines.

Haut. 0,092. — Long. 0,075.

316. — Médaillon. Un rang de strass encadre le portrait en miniature de Marie-Adélaïde de Savoie, qui fut mariée au duc de Bourgogne, petit-fils de Louis XIV.

Haut. 0,065. — Long. 0,058.

317. — Médaillon. Des diamants disposés en fleurs, branches et nœuds, encadrent une peinture, portrait d'une dame en costume du règne de Louis XV. Le revers est d'argent.

Ovale. Long. 0,050. — Larg. 0,045.

318. — Médaillon. Portrait de femme, peint en émail. Costume du temps de Louis XV. Encadrement de marcassites.

Signé : R. (Rouquet.)

Haut. 0,060. — Larg. 0,048.

319. — Médaillon. Portrait en miniature d'une jeune femme en costume négligé du temps de Louis XV. L'encadrement d'or ciselé, est circonscrit par un rang de strass. Le revers est d'argent.

Ovale. — Haut. 0,037. — Larg. 0,034.

320. — Montre de cuivre doré, à deux cadrans. La boîte est ornée de branchages, fleurs et feuillages émaillés, blanc, rouge et bleu.
Dix-huitième siècle.

Haut. 0,060. — Larg. 0,045. — Épais. 0,032

321. — Montre d'or. La boîte est ciselée et décorée d'appliques d'émail sur lesquelles sont peints trois Amours sur des nuages, reliés par des guirlandes de roses et feuillages. A l'intérieur, un lis et la signature : BAILLON, Paris.
Dix-huitième siècle.

Long. (avec l'anneau) 0,052. — Diam. 0,040

322. — Montre d'or. La bo... ...st décorée de roses
feuillages émaillés. A l'intérieur, on lit : LE ROY, à
ris, et le monogramme I R.
Dix-huitième siècle.

Haut. 0,040. — Long. 0,030.

323. — Montre d'or rouge, rehaussé de reliefs sur
fond bleu de roi émaillé : Amour, fleurs et feuillages.
A l'intérieur et sur le cadran, on lit : TERROT ET FAZY, à
Genève.
Dix-huitième siècle.

Haut. 0,045. — Long. 0,030.

324. — Cassolette d'argent émaillé, simulant une
montre. La boîte intérieure, divisée en quatre compartiments, est revêtue d'émail bleu ; son couvercle imite
un cadran et est recouvert d'un verre dont l'encadrement est formé par des grenats et de l'émail blanc.
Dix-huitième siècle.

Diam. 0,023.

325. — Petit nécessaire de jaspe rouge onyx, décoré de montures d'or ciselé, oiseaux et rinceaux découpés. Sur le bord du couvercle, qui est émaillé de
couleur blanche, sont inscrits en lettres d'or les mots :
« Votre fidélité fait ma seule félicité. »
Il renferme une tablette d'ivoire, deux petits flacons
de cristal avec bouchons d'or, un couteau d'or, une
pince d'or, une cuiller, un porte-crayon, un cure-
oreilles.
Dix-huitième siècle.

Haut. 0,052. — Long. 0,047. — Larg. 0,037.

326. — Petit nécessaire de'verre bleu, décoré de peintures d'or, arbres et maisonnettes. Il est monté dans des encadrements d'or ciselé, de deux tons. Il renferme une tablette double en ivoire, un couteau d'argent à manche de nacre, une cassolette contenant un miroir, deux flacons de cristal doré, avec bouchons d'or, une cuiller, une pince et deux porte-crayons.
Dix-huitième siècle.

Haut. 0,055. — Long. 0,043. — Larg. 0,050.

327. — Boîte à musique, d'or, ornée de ciselures, d'émail bleu, de fleurs peintes sur le couvercle, et de deux rangs de perles fines. Lorsqu'on ouvre la boîte, on découvre à l'intérieur un fouillis de fleurs variées, peintes sur émail, et, se détachant sur elles, un petit oiseau emplumé. Un cordon que l'on tire met en mouvement le ressort qui le fait chanter et battre des ailes.
Travail de Genève. Dix-neuvième siècle.

Haut. 0,023. — Long. 0,075. — Larg. 0,052.

328. — Petite boîte trilobée, d'or, ornée de ciselures, de revêtements d'émail rouge, et de trois peintures sur émail qui correspondent aux trois compartiments de la boîte. Chacune de ces peintures décore un un couvercle s'ouvrant sur charnières. L'un des compartiments renferme une montre; le second, une cassolette d'odeurs; le troisième, un petit tableau en or ciselé : un musicien assis, ayant près de lui un chien qui l'écoute. Ce dernier compartiment contient une boîte à musique. Des perles fines circonscrivent la boîte.
Travail de Genève. Dix-huitième siècle.

Haut. 0,009. — Diam. 0,035.

329. — Étui de tablettes, d'or ciselé, revêtu, sur les deux faces principales et sur les tranches, d'émail

vert qui alterne avec des filets dor. D'un côté est in-
scrit, en lettres découpées, le mot: SOUVENIR, et de l'autre
côté : D'AMITIÉ.

Travail français de 1768 à 1774.

Haut. 0,085. — Long. 0,050.

330. — Étui de tablettes, contenant une tablette
triple d'ivoire et un crayon à tête d'or. Il est garni
d'or, orné d'une peinture en miniature, portrait d'une
jeune dame, en buste, ovale. Encadrement d'or ciselé.
Sur un côté du couvercle, le mot : SOUVENIR, et sur la
face opposée : D'AMITIÉ.

Dix-huitième siècle.

Haut. 0,086. — Long. 0,052.

331. — Étui de tablettes, d'or ciselé. Les deux faces
sont décorées de peintures en grisaille, sur fond noir,
imitant des camées. L'une est un sacrifice à l'Amour,
l'autre un sacrifice à l'Amitié; au-dessus de l'une et de
l'autre, des jeux d'enfants.

Travail français de 1770.

Haut. 0,086. — Long. 0,055.

332. — Carnet d'or ciselé, de trois tons, encadrant
deux feuilles d'écaille, sur lesquelles se détachent des
incrustations d'or, imitant un laque. L'une des compositions est une bergerie, et l'autre, un paysage.
Il est fermé par un porte-crayon d'or.

Dix-huitième siècle.

Haut. 0,086. — Larg. 0,055.

333. — Étui formant nécessaire, d'or ciselé, décoré
d'émaux verts et revêtu de peintures en émail, bou-

quets, groupes et corbeilles de fleurs, d'espèces et de
nuances variées, se détachant sur fond gris.

Il renferme une tablette d'ivoire double, des ciseaux
dont les anneaux sont d'or, un couteau de vermeil, et
quatre menus instruments. Le bouton est un diamant.
Dix-huitième siècle.

Haut. 0,100. — Long. 0,037.

334. — Étui de flacon, de jaspe sanguin, taillé à
côtes. La monture est en or ciselé, enrichie de rubis et
de diamants. Agrafe découpée sur la partie antérieure.
Sur le couvercle, est un camée de jaspe vert, taillé
en mascaron.
Dix-huitième siècle.

Haut. 0,090. — Larg. 0,033.

335. — Étui de jaspe oriental fleuri, taillé à doubles
côtes, monté en or, avec un bouton formé par une rose.
Dix-huitième siècle.

Haut. 0,103. — Long. 0,023.

336. — Étui de flacon, d'agate, sur laquelle sont
taillés des génies, des fleurs et des ornements qui les
encadrent. La monture et le bouchon sont d'or ciselé,
enrichis de rubis et de roses. Sur le couvercle est un
camée, masque bachique.
Dix-huitième siècle.

Haut. 0,100. — Long. 0,040.

337. — Étui de ciseaux, d'argent, revêtu d'un
nielle: un jeune Amour, entouré d'ornements et de
fleurettes, occupe le centre de chacune des faces. On y
lit deux inscriptions gravées, d'un côté: « Le monde

périra avant mon amour»; de l'autre : « Si la foy manque adieu l'amour. »
Dix-septième siècle.

Haut. 0,088. — Long. 0,037.

338. — Étui de ciseaux de jaspe sanguin, garni d'une monture et d'un anneau d'or ciselé.
Dix-huitième siècle.

Haut. 0,096. — Long. 0,040.

339. — Étui de flacon, d'or repoussé et ciselé. Les deux compositions principales sont des épisodes de la dernière nuit de Troie : Énée portant son père et suivi par le jeune Ascagne, et du côté opposé, Créuse.
Dix-huitième siècle.

Haut. 0,105. — Long. 0,045.

340. — Étui d'or de trois couleurs, orné de fleurs et feuillages ciselés. La base est un cachet gravé avec armoiries, composées de deux écussons : le premier de gueule au lion rampant et couronné, le champ chargé de quatre coquilles; le deuxième d'or, à la bande de sinople chargée de trois sautoirs alaisés.
Travail français, de 1768 à 1774.

Haut. 0,122. — Long. 0,021.

341. — Étui d'or de trois tons, décoré de ciselures, dont les motifs sont des trophées et emblèmes amoureux, formant quatre médaillons qui sont au milieu de fonds étoilés.
Travail français. Dix-huitième siècle,

Haut. 0,120. — Long. 0,020.

342. — Étui d'or, revêtu d'émail bleu translucide, semé d'étoiles dorées. Des bordures d'or ciselées, qu'enrichissent des émaux verts et des perles opalines, encadrent les champs d'émaux.
Travail français, de 1783.

Haut. 0,120. — Larg. 0,018.

343. — Étui à cure-dents, d'or, revêtu d'émail. Les fonds sont bleus, liserés de blanc. La peinture qui orne le couvercle représente un étang et l'on voit un chien qui saisit un canard.
Dix-huitième siècle.

Haut. 0,009. — Larg. 0,014.

344. — Étui de vermeil, décoré d'ornements découpés et émaillés, qui l'enveloppent comme un réseau.
Seizième siècle.

Haut. 0,064. — Diam. 0,010.

345. — Petite boîte d'argent doré, revêtue d'ornements découpés et émaillés, qui l'enveloppent comme un réseau. Elle pose sur quatre boules.
Seizième siècle.

Haut. 0,024. — Long. 0,032. — Larg. 0,023.

346. — Dé à coudre de vermeil. A la pointe est un petit émail translucide, dont le motif est un cœur enflammé, fendu par une scie, des ornements découpés à jour et revêtus d'émaux forment autour du dé une sorte de galerie mobile.
Seizième siècle.

Long. 0,018. — Diam. 0,016.

347. — Étui de vermeil et vernis-Martin, fond vert.
Décor chinois, palmier et paysage.
Dix-huitième siècle.

Long. 0,130. — Diam. 0,025.

348. — Étui de vernis, deux groupes de bergeries.
La bergère a cassé ses œufs, le berger est confus.
Doublé d'écaille.
Dix-huitième siècle.

Long. 0,140. — Diam. 0,022.

349. — Etui de vernis, fond rouge rubis, décoré de compositions peintes en grisaille, dont les
sujets sont des jeux d'enfants. La scène principale est
le jeu de collin-maillard. Doublé d'écaille.
Dix-huitième siècle.

Long. 0,133. — Diam. 0,021.

350. — Flacon d'or ciselé, ayant la forme d'un pigeon
posé sur un piédestal. Ce piédestal est creux et servait
de boîte à rouge. A la base, qui se détache, est ajustée
intérieurement une très-petite cuiller.
Dix-septième siècle.

Haut. 0,076. — Long. 0,038.

351. — Flacon de cristal gravé, à deux compartiments, monté en or. Le bouchon et la base sont enrichis de très-petits rubis et roses. Une cornaline rouge
ferme le compartiment inférieur.
Dix-huitième siècle.

Haut. 0,088. — Long. 0,050.

352. — Flacon, formant cachet, d'or repoussé et ciselé, décoré d'amours et de fleurs. Dans des cartouches, on lit sur le cristal du cachet les mots : POUR VOUS, entourant un petit amour qui présente une couronne.
Dix-huitième siècle.

Haut. 0,065. — Long. 0,025.

353. — Cachet. Le bouton est une tête en ronde-bosse taillée dans une agate-onyx, la pierre gravée est une cornaline, buste d'homme de profil. La monture de vermeil est enrichie de rubis et roses.
Dix-huitième siècle.

Haut. 0,030. — Larg. 0,023.

354. — Cachet. Buste d'homme, tête romaine en ronde-bosse, taillé dans une pierre d'améthyste. Piédouche d'agate.
Dix-septième siècle.

Haut. 0,046. — Long. 0,020.

355. — Pomme de canne de porcelaine tendre de Sèvres, décorée d'incrustations d'or en relief rehaussées d'émaux verts. Les motifs de décoration sont un cerf, un chien, un sauvage, des arbres, des oiseaux et des papillons.
Dix-huitième siècle.

Haut. 0,042. — Diam. 0,028.

356. — Bracelet d'or, ayant la forme d'un ruban; il est composé de l'assemblage de trente-quatre chaînons qui s'emboitent l'un dans l'autre et forment un tissu souple cômme une étoffe. De petites perles sont alignées sur les bords.. La fermeture est un anneau fait

de fils d'or, dans lequel s'engage de force une poire
enrichie de cinq grenats semblables à ceux qui sont
ajustés dans les divisions du tissu.
Travail oriental, seizième siècle.

Long. 0,170. — Larg. 0,013.

357. — Bonbonnière formée de deux sections hé-
misphériques de sardoine-onyx. Monture d'or.
Dix-neuvième siècle.

Haut. 0,023. — Diam. 0,035.

358. Porte-plume et crayon d'émail noir, étoilé d'or,
monté en or ciselé de trois trons.
Fin du dix-huitième siècle.

Long. 0,133.

VIEUX LAQUES.

359. — Boîte rectangulaire, de laque d'or aventuriné, composée d'un plateau à quatre pieds, dans lequel s'ajuste une tablette à quatre divisions, portant
quatre petites boîtes rectangulaires; ladite tablette renfermée dans un fond sur lequel s'ajuste un fond semblable, qui se recouvre d'un plateau; le tout enveloppé
dans un grand couvercle. Décor de paysages et quadrilles.

Haut. 0,095. — Long. 0,145. — Larg. 0,123.

360. — Boîte rectangulaire, de laque d'or aventuriné, composée d'un plateau à quatre pieds, dans lequel s'ajuste une tablette à quatre divisions, qui porte
quatre petites boîtes rectangulaires; ladite tablette
renfermée dans un fond sur lequel s'ajuste un fond
semblable, qui se recouvre d'un plateau; le tout, enveloppé dans un grand couvercle. Décor de paysage et
quadrilles.

Haut. 0,095. — Long. 0,145. — Larg. 0,123.

361. — Boîte rectangulaire, de laque d'or usé,
aventuriné à l'intérieur et au revers. Elle renferme un
jeu de quatre boîtes, que recouvre un plateau mobile.
Décor de paysage, rochers, maisons, arbres, animaux.

Haut. 0,053. — Long. 0,127. — Larg. 0,112.

362. — Boîte circulaire, de laque à fond d'or sablé,
décorée de fleurs en relief, chrysanthèmes de trois tons.
Elle renferme sept petites boîtes, décorées de fleurs sur
fond d'or.

Haut. 0,042. — Diam. 0,116.

363. — Boîte rectangulaire à côtes, de laque d'or
aventuriné. Elle contient un jeu de deux boîtes décorées de fleurs sur fond d'or. Un petit plateau mobile
les recouvre. Paysages et montagnes.

Haut. 0,048. — Long. 0,110. — Larg. 0,048.

364. — Boîte rectangulaire, de laque d'or usé et
aventuriné. Elle se compose d'un fond dans lequel sont
ajustées trois petites boîtes fond d'or, décorées de
fleurs. Au-dessus, deux tiroirs, un plateau et un recouvrement. Le tout enveloppé dans un couvercle en forme
d'escabeau.

Haut. 0,068. — Long. 0,083. — Larg. 0,068.

6

365. — Boîte irrégulière, de laque d'or de deux tons. Le décor est un éventail et une tige de sapin. Aventurinée à l'intérieur et au revers.

Haut. 0,040. — Long. 0,102. — Larg. 0,082.

366. — Boîte hexagone, de laque, fond noir et paysage d'or, aventurinée aux revers. Elle renferme six petites boîtes circulaires, noires, décorées, sur le couvercle, de fleurs d'or ; petit plateau de recouvrement.

Haut. 0,050. — Diam. 0,105.

367. — Boîte irrégulière, de laque, fond noir quadrillé d'or de deux tons. Sur le couvercle, un éventail et des feuillages. Dans l'intérieur, un plateau.

Haut. 0,038. — Long. 0,155. — Larg. 0,075.

368. — Écritoire rectangulaire et courbée, fond d'or usé, décorée de vases et ustensiles. Elle était portée suspendue.

Haut. 0,030. — Long. 0,053. — Larg. 0,070.

369. — Étui de laque, fond d'or usé, décoré d'animaux chimériques, de fleurs et de feuillages. Il est à cinq compartiments. Il était porté suspendu.

Haut. 0,023. — Long. 0,090. — Larg 0,048

370. — Petite boîte de laque, fond noir, aventurné à l'intérieur. Sur le couvercle, une tige d'or.

Haut. 0,022. — Long. 0,077. — Larg. 0,045.

371. — Petite boîte de laque, fonds noirs. Sur le couvercle, qui l'enveloppe, paysage d'or.

Haut. 0,040. — Côté 0,046.

372. — Petite boîte de laque, fond d'or ; le couvercle noir, décoré d'une fleur et rinceaux ; aventurinée à l'intérieur.

Haut. 0,015. — Long. 0,056. — Larg. 0,051.

373. — Petite boîte de laque, fond noir, paysage d'or. Aventurinée à l'intérieur et au revers.

Haut. 0,014. — Côté 0,046.

374. — Chapelle de bois de fer, dont les volets sont dorés à l'intérieur. Elle renferme une statue de Bouddha, assis sur une estrade à trois étages, d'or ; le dossier a la forme d'un bouclier. Tout l'intérieur est doré.

Haut. 0,350. — Long. 0,156. — Larg. 0,122.

375. — Bouddha, statue de ronde-bosse, dorée, sur socle en laque de corail. Elle se place sur une estrade de même laque, dont le dossier a la forme d'un fauteuil, et est ornée de fleurs et feuilles de lotus.

Haut. de la statue 0,210. — Haut. de l'estrade 0,265. — Long. de la base 0,210. — Larg. 0,160.

376. — Groupe de tortues, renfermé dans une boule de cristal, portée par un pied de bois de teck laqué. Le motif symbolique est une souche centenaire, laquée vert et or, dont tous les embranchements, rugueux et tordus, portent une famille de tortues.

La mère traîne, à l'extrémité de sa carapace, une sorte
de crinière. Les petites tortues qui pullulent à l'entour
sont fabriquées de telle façon que, à la moindre impul-
sion, toutes les têtes, les pattes et les queues s'agitent
avec vivacité.

Haut. 0,145. — Diam. de la base 0,170.

377. — Jardinière de laque, rouge corail, gravée,
ornée de reliefs.

Haut. 0,163. — Long. 0,165. — Larg. 0,110.

378. — Plateau rouge corail, gravé, orné de reliefs.

Diam. 0,170.

379. — Cabinet japonais, à deux portes, décoré sur
toutes ses faces, à l'extérieur et à l'intérieur, garni de
deux caisses et huit tiroirs. Sur les volets, on remarque
un coq, une poule et des fleurs argentées, dont le ca-
lice est rouge. Sur la plate-forme, deux oiseaux. Les
garnitures et l'agrafe sont dorées et gravées.

Haut. 0,790. — Long. 0,905. — Larg. 0,500.

380. — Boîte japonaise, en pierre de lard. Sur le
couvercle est un homme couché. Quelques détails gravés, dorés ; les chairs peintes.

Haut. 0,022. — Long. 0,055. — Larg. 0,052.

381. — Boîte japonaise, en pierre de lard. Le couvercle figure un papillon. Quelques détails gravés et
dorés.

Haut. 0,020. — Long. 0,069. — Larg. 0,040

TABLE DES MATIÈRES.

TABLE

DES NOMS DES ORFÉVRES ET DES MARCHANDS.

TABLE

DES NOMS DES PEINTRES ET DES GRAVEURS.

Paris.—Typ. Charles de Mourgues frères rue J.-J. Rousseau, 58. 4605,

www.ingramcontent.com/pod-product-compliance
Lightning Source LLC
Chambersburg PA
CBHW060819250626
47162CB00005B/1856